# O ANO da LEBRE

# Arto Paasilinna

# O ANO da LEBRE

*Tradução*
Lilia Loman e Pasi Loman

1ª edição

Rio de Janeiro | 2016

*Copyright* © Arto Paasilinna and WSOY
Publicado originalmente na Finlândia em 1975.
Edição em Português publicada mediante acordo com Werner Söderström Ltd.
(WSOY), Finlândia e Vikings of Brazil Agência Literária e de Tradução Ltda.

Esta obra foi publicada com apoio financeiro da

**FILI** FINNISH LITERATURE EXCHANGE

Título original: *Jäniksen vuosi*

Capa: Ângelo Allevato Bottino
Imagem de capa: Kevin Smart/DigitalVision Vectors/Getty Images

Texto revisado segundo o novo
Acordo Ortográfico da Língua Portuguesa

2016
Impresso no Brasil
*Printed in Brazil*

---

CIP-BRASIL. CATALOGAÇÃO NA PUBLICAÇÃO
SINDICATO NACIONAL DOS EDITORES DE LIVROS, RJ

P111a  Paasilinna, Arto, 1942-
O ano da lebre / Arto Paasilinna; tradução de Lilia Loman e Pasi Loman. – 1ª ed. – Rio de Janeiro: Bertrand, 2016.

Tradução de: Jäniksen Vuosi
ISBN 978-85-286-2146-4

1. Ficção finlandesa. I. Loman, Lilia. II. Loman, Pasi. III. Título.

16-35237
CDD: 894.5413
CDU: 821.511.111-3

---

Todos os direitos reservados pela:
EDITORA BERTRAND BRASIL LTDA.
Rua Argentina, 171 – 2º andar – São Cristóvão
20921-380 – Rio de Janeiro – RJ
Tel.: (0xx21) 2585-2000 – Fax: (0xx21) 2585-2084

Não é permitida a reprodução total ou parcial desta obra, por quaisquer meios, sem a prévia autorização por escrito da Editora.

Atendimento e venda direta ao leitor:
mdireto@record.com.br ou (0xx21) 2585-2002

# Sumário

1. A Lebre — 7
2. O Balanço da Situação — 15
3. Planos — 21
4. Capins — 29
5. Prisão — 35
6. O Delegado — 39
7. O Presidente — 49
8. Incêndio Florestal — 59
9. No Pântano — 75
10. Na Igreja — 85
11. Vovô — 95
12. Rei — 101
13. O Corvo — 109
14. O Sacrifício — 117
15. O Urso — 129

16. O Jantar — 139
17. Incêndio — 143
18. Para Helsinque — 151
19. Ressaca — 159
20. Humilhação — 173
21. Uma Visita — 181
22. Mar Branco — 187
23. Nas Mãos do Governo — 199
24. Posfácio — 203

# 1.
# A Lebre

Dois homens exaustos desciam uma estrada estreita de carro. O sol que se punha fazia seus olhos doerem através do para-brisa empoeirado. Era o início do verão, mas a paisagem naquela rua secundária arenosa passava despercebida por seus olhos cansados; a beleza da noite finlandesa estava perdida em ambos.

Eles eram um jornalista e um fotógrafo que estavam na rua para realizar um serviço: dois seres humanos insatisfeitos, céticos, aproximando-se da meia-idade. As esperanças das suas respectivas juventudes não haviam se realizado, longe disso. Eram maridos, que traíam e eram traídos; ambos a caminho de úlceras estomacais, com muitas preocupações preenchendo os seus dias.

Eles haviam acabado de discutir sobre o que seria melhor: voltar a Helsinque ou passar a noite em Heinola? Agora não falavam mais.

A noite clara de verão era linda, mas eles seguiam absortos e inexpressivos, sem nem perceber o quão lastimável aquela rabugice era. A viagem era cansativa, longa, fatigante.

No topo de uma pequena elevação, no meio da estrada, uma lebre jovem testava seus saltos. Inebriada com o verão, ela se levantava, apoiando-se em suas pernas traseiras, contornada pelo sol vermelho como uma pintura.

O fotógrafo, que dirigia, viu a pequena criatura, mas seu cérebro não reagiu rápido o suficiente: pisou no freio com força com o sapato social empoeirado, mas era tarde demais. O animal assustado saltou em frente ao carro, e em seguida houve um baque abafado quando bateu no para-brisa, antes de ser lançado violentamente para a floresta.

— Nossa! Atropelou uma lebre — disse o jornalista.

— Que bosta de animal! Ainda bem que não quebrou o para-brisa. — O fotógrafo parou e deu marcha à ré. O jornalista saiu do carro.

— E então, consegue vê-la daí? — perguntou o fotógrafo, desinteressado. Ele abaixara a janela, mas o motor ainda estava ligado.

— O quê? — gritou o jornalista, da floresta.

O fotógrafo acendeu um cigarro e o fumou, de olhos fechados. Voltou a si quando o filtro queimou os seus dedos.

— Saia daí! Não posso ficar esperando aqui para sempre por causa de uma lebre estúpida!

O jornalista atravessou distraidamente a floresta composta por poucas árvores, chegou a um pequeno lote, pulou uma vala e olhou firmemente para uma área de grama verde-escura. Ele podia ver o láparo lá.

Sua pata traseira esquerda estava quebrada, dependurada de maneira lastimável, dolorosa demais para que o animal corresse, embora visse um humano se aproximando.

O jornalista pegou a lebre aterrorizada no colo. Quebrou um pedaço de graveto e fez uma tala para a pata quebrada, usando trapos rasgados do próprio lenço. O animal aninhou a cabeça entre as pequenas patas dianteiras, as orelhas tremendo com as batidas do seu coração.

De volta à estrada, um barulho irascível de motor, duas explosões irritadiças da buzina e um grito:

— Venha! Puta merda, nunca conseguiremos chegar a Helsinque se você ficar se demorando neste mato! Fora daí, já, ou terá que achar o caminho de volta sozinho!

O jornalista não respondeu. Acalentava o animalzinho em seus braços. Aparentemente, ele machucara apenas a perna e, aos poucos, se acalmava.

O fotógrafo saiu do carro e olhou furiosamente para a floresta, sem conseguir ver o colega. Xingou, acendeu outro cigarro e voltou para a estrada, batendo os pés. Nem sequer um som vinha da floresta: ele apagou o cigarro no chão e berrou:

— Fique aí, então! Adeus, seu louco!

Parou para ouvir por mais um instante, mas, sem receber nenhuma resposta, entrou bufando no carro, ligou o motor, pisou na embreagem e saiu em disparada. Pedras lascadas voaram por debaixo das rodas. Logo o carro estava fora de vista.

O jornalista se sentou à beira da vala, segurando a lebre no colo: parecia uma velha perdida em pensamentos com seu tricô nos joelhos. O som do motor do carro desapareceu. O sol se pôs.

Colocou a lebre sobre a área gramada. Por um momento, temeu que a criatura tentasse fugir, mas ela se aconchegou na grama e, quando foi levantada novamente, não mostrou sinal de medo.

— Então aqui estamos nós — disse para a lebre. — Deixados.

Aquela era a situação: estava sentado sozinho na floresta, com a jaqueta, em uma noite de verão. Completamente abandonado.

O que normalmente se faz em uma situação como essa? Talvez devesse ter respondido aos gritos do fotógrafo, pensou. Agora, talvez devesse encontrar o caminho de volta à estrada, esperar pelo próximo carro, pedir uma carona e pensar em como chegar a Heinola ou Helsinque por si só.

A ideia era desagradável.

O jornalista olhou para sua carteira. Havia algumas notas, o crachá, a carteirinha do plano de saúde, uma foto da esposa, algumas moedas, alguns preservativos, um molho de chaves, um velho emblema comemorativo de 1º maio. E também algumas canetas, uma caderneta e um anel. A gerência imprimira *Kaarlo Vatanen, jornalista* na caderneta. Sua carteirinha do plano de saúde indicava que Kaarlo Vatanen nascera em 1942.

Vatanen se levantou, pousou os olhos sobre os últimos raios do pôr do sol através das árvores da floresta e fez um sinal com a cabeça para a lebre. Olhou para a estrada, mas não fez nenhum movimento naquela direção. Pegou a lebre da grama, colocando-a delicadamente no bolso lateral da jaqueta e saiu em direção à floresta que escurecia.

O fotógrafo dirigiu furiosamente para Heinola. Lá, encheu o tanque e decidiu ficar no hotel que o outro sugerira.

Escolheu um quarto de casal, tirou suas roupas empoeiradas e tomou um banho. Refrescado, desceu para o restaurante do hotel. Vatanen certamente apareceria primeiro lá, pensou. Então eles poderiam falar sobre tudo aquilo, resolver tudo. Bebeu várias garrafas de cerveja e, depois de jantar, passou para bebidas mais fortes.

Mas ainda não havia sinal do jornalista.

Às altas horas da noite, ainda estava sentado no bar do hotel. Contemplava a superfície preta do balcão do bar com um arrependimento raivoso. Com o passar da noite, remoera os acontecimentos. Percebera que abandonar o colega na floresta, em uma vizinhança quase deserta, havia sido um erro. E se o jornalista houvesse quebrado a perna na floresta? Será que teria se perdido? Ou ficado preso em um atoleiro? Caso contrário, ele certamente já teria encontrado o caminho de volta a Heinola àquela altura, mesmo a pé?

O fotógrafo pensou que era melhor ligar para a esposa do jornalista, que estava em Helsinque.

Sonolenta, ela balbuciou que não houvera sinal de Vatanen e, quando percebeu que o interlocutor estava bêbado, bateu o telefone. Quando o fotógrafo tentou novamente o mesmo número, não houve resposta. Certamente a esposa de Vatanen desconectara o telefone.

Ainda de madrugada, o fotógrafo chamou um táxi. Decidira voltar ao local e ver se Vatanen ainda estava lá. O motorista perguntou ao cliente bêbado para onde ele queria ir.

— Só vá por esta estrada, nenhum lugar em particular. Falarei quando for para parar.

O motorista olhou para trás. Estavam saindo da cidade pela floresta escura, sem nenhum destino em particular.

Passou, furtivamente, uma pistola do porta-luvas para o banco, pousando-a entre as pernas. Desconfortável, estudou o cliente.

No topo de uma subida, o cliente disse:

— Pare aqui.

O motorista segurou a pistola. O bêbado, entretanto, saiu pacificamente do carro e começou a gritar para a floresta:

— Vatanen! Vatanen!

A floresta não retornou nem um eco.

— Vatanen! Ei, Vatanen! Você está aí?

Então tirou os sapatos, dobrou as calças até os joelhos e foi para a floresta, descalço. Logo desapareceu na escuridão. Podia-se ouvi-lo gritando por Vatanen.

— Que bicho estranho... — pensou o motorista.

Depois de meia hora de algazarra na floresta escura, o cliente voltou à estrada. Pediu um trapo, limpou as pernas enlameadas e colocou os sapatos nos pés descalços; as meias pareciam estar no bolso da jaqueta. Voltaram para Heinola.

— Você perdeu algum Vatanen, foi?

— Exato. Deixei-o lá na subida, à noite. Nem sinal dele agora.

— Também não vi nada — disse o motorista, com compaixão.

Na manhã seguinte, o fotógrafo acordou no hotel por volta das onze. Uma ressaca terrível rachava sua cabeça e ele se sentia nauseado. Lembrou-se do desaparecimento de Vatanen. *Tenho que ligar para a esposa de Vatanen em seu trabalho* — pensou.

— Saiu atrás de uma lebre — contou a ela. — Naquela subida, e nunca voltou. É claro que não parei de gritar, mas ele não deu nem um pio. Então, deixei-o lá. Quero dizer, ele provavelmente queria ficar lá.

Diante disso, a esposa perguntou:

— Ele estava bêbado?

— Não.

— Então, onde ele está agora? O homem não pode simplesmente desaparecer assim.

— Mas ele desapareceu assim. Não apareceu aí ainda, suponho?

— Não, definitivamente não. Deus do céu, aquele homem vai me deixar louca. Deixe que resolva isso sozinho. Quero dizer, ele tem que voltar para casa imediatamente, fale isso para ele.

— Como posso falar qualquer coisa para ele? Nem sei onde está.

— Bem, investigue. Faça com que me telefone no trabalho imediatamente. E fale que esta é a última vez que ele faz uma bobagem dessas. Ouça, chegou um cliente, tenho que ir. Fale para me ligar. Tchau.

O fotógrafo ligou para o escritório do jornal.

— Sim... e mais uma coisa: Vatanen desapareceu.

— Ah... Aonde ele foi desta vez? — perguntou o editor.

O fotógrafo lhe contou a história.

— Aparecerá quando for a hora, não é? De qualquer forma, essa sua história não é tão urgente que não possamos guardá-la por um tempinho. Nós a rodaremos quando ele voltar.

— Mas e se ele tiver sofrido um acidente?

O editor o apaziguou:

— Só volte ao trabalho. O que acha que *poderia* ter acontecido com ele? E, de qualquer forma, é problema *dele*.

— Devo falar com a polícia?

— Fale com a esposa dele, se quiser. Ela já sabe?

— Ela sabe, mas não liga muito.

— Bem, isso também não é da nossa conta.

## 2.
## O Balanço da Situação

Na manhã seguinte, logo cedo, Vatanen acordou com o canto de um pássaro em um depósito de feno de cheiro adocicado. A lebre estava deitada na sua axila, aparentemente acompanhando o bater de asas das andorinhas debaixo do telhado do celeiro — talvez ainda construindo o ninho ou talvez já alimentando os filhotes, a julgar pela movimentação para dentro e para fora do celeiro.

O sol brilhava através das frestas das antigas e entortadas vigas, e a pilha de feno servia como uma cama quente. Perdido em pensamentos, Vatanen descansou sobre o feno por mais ou menos uma hora antes de se levantar e sair com a lebre nos braços.

Havia um velho prado, cheio de flores silvestres, e um riacho murmurando pouco além dali. Vatanen colocou a lebre próxima ao riacho, tirou as próprias roupas e deu um mergulho gelado. Um cardume fechado de peixes pequeninos, subindo o riacho, assustou-se com o movimento, porém se esqueceu do medo no instante seguinte.

Os pensamentos de Vatanen se voltaram para a esposa em Helsinque. Começou a se sentir deprimido.

Não gostava da esposa. Havia coisas não muito legais sobre ela: havia sido má ou, sem dúvida, egoísta durante toda a vida conjugal dos dois. Ela tinha o hábito de comprar roupas horrorosas, sem graça e nada práticas: nunca as usava por muito tempo, porque, uma vez vestidas, logo perdiam o charme. Certamente teria trocado Vatanen também, se tivesse encontrado alguém novo com a mesma facilidade que encontrava roupas.

No início do casamento, ela se dispusera com determinação a ter um domicílio comum, um lar. O apartamento deles se tornara uma salada mista de dicas superficiais e vulgares de decoração partidas de revistas femininas. Um pseudorradicalismo governava a decoração, com pôsteres enormes e móveis em módulos desengonçados. Era difícil viver nos cômodos sem se machucar; todos os itens estavam deslocados. O apartamento era claramente um reflexo do casamento deles.

Em uma primavera, ela engravidou, mas logo buscou pelo aborto: um berço perturbaria a harmonia da decoração. A verdadeira explicação chegou a Vatanen após o fato consumado: o filho não era dele.

— Com ciúme de um feto morto, seu bocó? — disparou a esposa, quando ele tocou no assunto. — Não pode estar!

Vatanen acomodou a lebre à beira do riacho, permitindo que bebesse água. Com seu pequeno lábio, ela começou a tomar a água fresca: estava com uma sede imensa para uma criatura tão pequena. Quando acabou, começou a devorar a folhagem da margem. Sua pata traseira ainda parecia doer muito.

*Será que devo voltar a Helsinque?* Vatanen se perguntou. *O que devem estar dizendo no escritório?*

Mas que escritório, que emprego! Uma revista semanal que sempre criava uma comoção sobre supostos escândalos, mas que se calava sobre os principais problemas da sociedade. Toda semana a capa do tabloide mostrava os rostos da corja — peruas, modelos, os últimos bebês de algum cantor famoso. Quando mais jovem, Vatanen ficava satisfeito de ter um emprego de repórter em um grande periódico, particularmente quando tinha a chance de entrevistar alguma pessoa mal representada, idealmente alguém oprimido pelo Estado. Daquela forma sentia que estava fazendo algo bom; pelo menos aquele problema estava sendo veiculado. Mas, agora, com o passar dos anos, ele não achava mais que estava conquistando nada: fazia apenas o que era absolutamente necessário e ficava satisfeito se não contribuísse pessoalmente para a desigualdade social. Seus colegas se encaixavam no mesmo molde: frustrados no trabalho, consequentemente céticos. Qualquer economista poderia dizer para tais jornalistas que tipo de artigos a editoria esperava, e os artigos seriam escritos. A revista fazia sucesso, mas não transmitia informação. Esta era diluída, abafando seu significado, cozinhando-a até virar uma diversão, um bate-papo. Que profissão!

Vatanen tinha um salário razoavelmente bom, mas, mesmo assim, sempre estava com dificuldades financeiras. Seu apartamento custava quase mil marcos por mês: aluguéis em Helsinque eram muito caros. Por causa disso, nunca pudera comprar a própria casa. Conseguira um barco, mas por causa disso também estava com dívidas. Além de velejar, Vatanen não tinha nenhum hobby em particular. Sua esposa às vezes sugeria ir ao teatro, mas ele não tinha vontade nenhuma de sair com ela; já bastava ouvir sua voz quando estava em casa.

Vatanen suspirou.

A manhã de verão clareava a cada minuto, mas seus pensamentos melancólicos se tornavam cada vez mais sombrios. Apenas quando a lebre acabou de comer, e Vatanen a colocou novamente em seu bolso, os pensamentos lastimosos o deixaram. Decidido, partiu para o oeste, direção que tomara na noite anterior, evitando a estrada. O murmúrio da floresta o agradava. Cantarolou alguns trechos de música. As orelhas da lebre saltaram para fora do bolso da jaqueta.

Uma ou duas horas depois, Vatanen chegou a um vilarejo. Caminhando pela rua principal, encontrou um quiosque vermelho. Uma garota se movia ao seu redor, aparentemente prestes a abrir o pequeno negócio.

Foi até o quiosque, disse bom dia e se sentou no banco. A garota abriu as persianas, entrou no quiosque, deslizou a divisória de vidro e disse:

— Estamos abertos agora. Em que posso ajudá-lo?

Vatanen comprou cigarros e uma garrafa de limonada. A garota cuidadosamente o analisou, então disse:

— Você não é um criminoso, é?

— Não... eu a assusto?

— Não, não é isso. Você saiu da floresta, sabe.

Vatanen tirou a lebre do bolso e a deixou saltitar pelo banco do quiosque.

— Ei, você tem um coelhinho! — exclamou a garota, toda feliz.
— Não é um coelhinho, é uma lebre. Eu a encontrei.
— Ah, coitadinha! Está com uma perna machucada. Vou pegar umas cenouras para ela.

A menina deixou seu quiosque e correu para dentro de uma casa próxima. Logo estava de volta com uma penca de cenouras da estação passada. Ela tirou a terra com um jato de limonada e as ofereceu avidamente para a lebre, mas esta não as comeu, deixando-a um pouco desapontada.

— Ela não parece gostar das cenouras.
— Está um pouco doente. Não tem um veterinário no vilarejo, tem?
— Ah sim, tem o Mattila. Ele não é daqui, é de Helsinque, claro. Passa os verões aqui, mas não os invernos. Sua casa fica lá, na beira do lago. Suba no telhado e mostrarei qual é.

Vatanen subiu no telhado do quiosque e a garota lhe falou para que lado olhar e de que cor a casa era. Vatanen olhou para onde ela falou e encontrou a casa. Então, desceu, as mãos da garota apoiando suas nádegas.

O veterinário deu à lebre uma pequena injeção e enfaixou cuidadosamente sua pata traseira.

— Ela levou uma pancada. Sua pata irá sarar bem. Se você levá-la para a cidade, compre alface fresca, ela vai comer. Não se esqueça de lavar a alface bem ou ela pode ter diarreia. Para beber, nada além de água fresca.

Quando Vatanen voltou ao quiosque, vários homens estavam lá sentados sem fazer nada. A garota apresentou Vatanen:

— Aqui está ele, o homem da lebre.

Os homens bebiam cerveja. Estavam fascinados com a lebre e fizeram muitas perguntas. Tentaram adivinhar quantos anos ela tinha. Um deles relatou como, toda vez antes de começar a trabalhar com o feno, andava pelos campos gritando, para que láparos escondidos tivessem tempo de fugir.

— Senão as lâminas da segadeira os pegam. Em um verão, pegaram três. Um teve as orelhas cortadas, outro perdeu as pernas traseiras, outro foi cortado em dois. Nos verões em que os afugentei primeiro, nenhum foi pego pela máquina.

O vilarejo era tão agradável que Vatanen ficou por vários dias, ocupando o sótão de uma das casas.

# 3.
# Planos

Vatanen tomou o ônibus para Heinola: mesmo em um vilarejo agradável, não se pode ficar sem fazer nada para sempre.

Ele se sentou no banco de trás, a lebre em um cesto. Vários habitantes locais estavam sentados atrás, para poderem fumar. Quando viram a lebre, puxaram conversa a respeito dela. Havia, como logo foi estabelecido, mais láparos do que o normal naquele verão, e tentaram adivinhar se ele era macho ou fêmea. Ele pretendia o matar e comer quando atingisse a idade adulta? Não, não era a sua intenção, ele respondeu. Isso levou a um consenso geral: ninguém mataria o próprio cão e, às vezes, era mais fácil se apegar a um animal do que a uma pessoa.

Vatanen encontrou um quarto em um hotel, lavou-se e desceu para comer. Era meio-dia, mas o restaurante estava completamente deserto. Vatanen se sentou com a lebre na cadeira ao seu lado.

O maître a observou, com o cardápio à mão.

— Na verdade, animais não são permitidos no restaurante.

— Ela não é perigosa.

Vatanen pediu o almoço para si e, para a lebre, alface, cenoura ralada e água fresca. O maître encarou quando ele a colocou sobre a mesa para comer a alface em um prato, mas não proibiu.

Depois da refeição, Vatanen ligou para a esposa do telefone da recepção.

— Então é você, é? — gritou ela, furiosa. — Onde você está, afinal? Volte imediatamente!

— Estive pensando, talvez não volte mais.

— Ah, é nisso que tem pensado, é? Você passou totalmente dos limites. Você *tem* que voltar para casa. Esta travessura vai custar o seu emprego também, isso é certo. E, além disso, Antero e Kerttu vêm hoje à noite nos visitar. O que vou dizer a eles?

— Diga que fugi. Aí você pelo menos não terá que mentir.

— Como posso dizer algo assim para eles? O que vão pensar? Se você está procurando um divórcio, isso não vai funcionar, posso te garantir! Não vou deixar você partir quando já arruinou a minha vida. Oito anos por água abaixo por sua causa! Como fui burra de ficar com você!

Ela começou a chorar.

— Chore mais rápido ou a ligação vai ficar cara demais.

— Se você não voltar para cá agora, chamarei a polícia. Isso te ensinará a ficar em casa!

— Acho que a polícia não vai se interessar por isso.

— Acredite em mim, ligarei para Antti Ruuhonen imediatamente. Isso vai te mostrar que não estou sozinha.

Vatanen desligou o telefone. Depois ligou para o amigo Yrjö.

— Ouça, Yrjö. Quero vender o barco para você.

— Está de brincadeira! De onde está ligando?

— Do interior, Heinola. Não pretendo voltar para Helsinque por agora e preciso de alguma grana. Você ainda o quer?

— Com certeza. Quanto? Quinze mil, era isso?

— Tudo bem, pode ser. Pode pegar as chaves no escritório. Gaveta de baixo, do lado esquerdo da minha mesa; duas chaves em um chaveiro de plástico azul. Peça a Leena. Você a conhece, ela pode dá-las a você. Diga que eu pedi. Já tem a grana?

— Sim, tenho. Você está incluindo a vaga na marina?

— Sim, está inclusa. Faça assim: vá direto ao meu banco e pague o resto do meu empréstimo. — Vatanen ditou o número da própria conta.

— Depois vá até a minha esposa e lhe dê cinco mil. Então mande os sete mil restantes para o meu banco. Está bem?

— Os mapas fazem parte do acerto também?

— Fazem. Estão em casa, você os conseguirá com minha esposa. Ouça. Não acabe com aquele barco em uma rocha. Comece devagar e você não cairá em um redemoinho.

— Fale para mim, como você tem coragem de vendê-lo? Ficou deprimido?

— Pode-se dizer que sim.

No dia seguinte, Vatanen foi ao banco de Heinola, carregando a lebre. Seu passo era leve, seu jeito, despreocupado, como era de se esperar.

Muito já foi dito sobre o sexto sentido e, quanto mais próximo ele ficou do banco, mais clara foi a impressão de que as coisas não estavam exatamente como deveriam estar. Estava em alerta quando chegou ao banco, embora não tivesse ideia do que esperar. Supôs que alguns dias de liberdade haviam aguçado seus sentidos, uma ideia divertida que o fez sorrir.

A intuição estava correta. Sentada na sala de espera, de costas para a porta, estava sua esposa. Seu coração disparou, raiva e medo inundaram seu corpo. Até a lebre se assustou.

Vatanen saiu do banco e voltou para a rua. Correu tão rápido quanto suas pernas permitiam. Pessoas paravam estupefatas ao ver um homem saindo em disparada do banco, segurando um cesto com duas pequenas orelhas saltando para fora. Correu até o fim do quarteirão, entrou em uma rua secundária, encontrou a porta de uma pequena taverna e deslizou para dentro do restaurante. Estava ofegante.

— Se não estou enganado, senhor, você é o Sr. Vatanen — disse o maître, olhando para a lebre como se a reconhecesse. — Está sendo aguardado.

Na outra ponta do restaurante, estavam sentados o fotógrafo e o editor-chefe. Eles bebiam cerveja juntos e não haviam notado a presença de Vatanen. O maître explicou que os senhores haviam lhe pedido para levar uma pessoa parecida com Vatanen à mesa deles e que essa pessoa talvez estivesse com uma lebre.

Mais uma vez caíra em uma armadilha.

Saiu novamente, esgueirando-se até o hotel e tentou pensar. O que dera errado com os seus planos? É claro, o maldito Yrjö estava por trás daquilo.

Ligou para Yrjö. O tonto contara à esposa de Vatanen para onde enviaria o restante do dinheiro. Podia imaginar o resto: sua esposa se juntou ao escritório e todos haviam ido a Heinola para agarrá-lo. Ela estava sentada no banco agora, aguardando-o ir retirar o dinheiro.

O dinheiro havia sido depositado, mas como poderia pegá-lo sem causar um escândalo? Era preciso pensar.

Subitamente, teve uma ideia. Ligou para a recepcionista e solicitou que fechasse a conta, acrescentando que logo se encontraria com três pessoas em seu quarto, uma mulher e dois homens. Então, escreveu algumas palavras em um papel e deixou a nota sobre a mesa. Feito isso, procurou o número do restaurante onde entrara e saíra no mesmo pé, agarrou o telefone e ligou; o maître atendeu.

— Aqui fala Vatanen, o jornalista. Você poderia chamar um dos dois homens que estão me aguardando?

— Vatanen? — disse logo uma voz. Era o editor.

— Eu mesmo. Bom dia.

— Acabou, pegamos você. Adivinhe só: sua senhora está sentada no banco e nós estamos bem aqui. Venha para cá rápido, e então poderemos todos voltar para Helsinque. Chega desse drama.

— Escute, não posso ir aí agora. Venham, todos os três, para o hotel. Meu quarto é o 312. Tenho que fazer duas ligações interurbanas. Pegue minha esposa no banco e resolveremos tudo juntos, nós quatro.

— Certo, está bem. Nós iremos. Fique onde está, ok?

— É claro. Tchau.

Dito isso, Vatanen correu para o elevador segurando a lebre e pagou a recepcionista pelo quarto e pelas ligações. Ele solicitou, entretanto, que ela deixasse as três pessoas que estavam chegando entrarem no quarto. Depois disso, correu para a rua.

Tomou uma rota secundária para o banco. Espiando através de portas de vidro, viu que sua esposa ainda não havia saído, droga! Escondeu-se e ficou à espreita.

Pouco tempo depois, dois homens surgiram da taverna, o editor e o fotógrafo. Entraram no banco e logo reapareceram, acompanhados pela esposa de Vatanen. Os três seguiram na direção do hotel. Vatanen podia ouvir a esposa dizendo: "Falei para vocês que este era o único jeito de pegá-lo, não falei?"

Quando os três sumiram de vista, ele entrou silenciosamente no banco, aproximou-se do caixa e mostrou sua identificação. Olhando o nome no cartão, o caixa disse:

— Sua esposa estava aqui há um minuto, procurando por você. Acabou de sair.

— Eu sei. Vou encontrá-la daqui a pouco.

Os sete mil marcos estavam em seu nome, com um desconto de seis marcos de taxa para transferências. Vatanen assinou e coletou as notas: muitas para serem contadas. A lebre se agachou no balcão envidraçado. Todas as mulheres do banco haviam deixado o que estavam fazendo e se reunido para admirar a criatura fofa; estavam loucas para acariciá-la.

— Só não toquem a pata traseira, por favor, está quebrada — alertou ele.

— Ah, ela é adorável — disseram. O banco se encheu com uma atmosfera de calorosa alegria.

Quando finalmente conseguiu sair, Vatanen se apressou até o ponto de táxi, entrou em um grande carro preto e disse:

— Para Mikkeli, por favor, o mais rápido possível.

Em seu quarto, uma discussão acalorada acontecia. Era causada pelo bilhete deixado sobre a mesa. Ele dizia: *Deixem-me em paz. Vatanen.*

# 4.
# CAPINS

Mikkeli ao sol, liberdade total: Vatanen estava sentado em um banco no parque do centro da cidade. A lebre xeretava a grama, procurando alguma coisa para comer. No caminho para a estação de ônibus, quatro ciganas vestindo saias multicoloridas pararam para dar uma olhada no animal e bater um papo com Vatanen. Estavam animadas e queriam comprar o láparo.

Elas sabiam onde era o Escritório de Preservação de Animais Silvestres do Sul de Savo e lhe mostraram o caminho. Uma delas insistiu veementemente em ler a sorte de Vatanen:

— Um momento de grande mudança em sua vida — explicou a mulher.

Estivera sob muita pressão e tomara uma grande decisão. A linha do destino no meio da sua mão mostrava agora um futuro fabuloso à frente; muitas viagens à vista, nenhum motivo de ansiedade. Quando Vatanen tentou lhe dar dinheiro, ela recusou.

— Meu querido, não preciso de grana no verão.

O Escritório de Preservação de Animais Silvestres tinha uma nota na porta, informando que o guarda, U. Kärkkäinen, estava à disposição em sua casa. Vatanen tomou um táxi até o endereço. No jardim, um grande cachorro começou a latir e, quando sentiu o cheiro da lebre, passou praticamente a uivar. Vatanen não arriscou ir adiante.

Um homem grande, razoavelmente jovem, controlou o cachorro e Vatanen pôde entrar. O guarda convidou o visitante a se sentar e perguntou como podia ajudar.

— Preciso saber o que um animal deste tipo come — começou Vatanen, tirando a lebre do cesto e a colocando sobre a mesa entre eles. — Um veterinário em Heinola disse alface, mas nem sempre é fácil de encontrar e a criatura não parece gostar de grama.

Kärkkäinen olhou para o láparo com o interesse de um expert.

— Um macho. Com um mês ou menos, eu diria. Você o adotou como animal de estimação? Isso é estritamente proibido pelas leis de proteção de animais selvagens.

— Sim, mas ele teria morrido; a perna estava quebrada.

— Dá para ver. Mas é melhor tornarmos isso legal. Escreverei uma permissão para você. Então você poderá tê-lo como animal de estimação.

Começou a datilografar algumas linhas em uma folha de papel, acrescentou um selo oficial e assinou seu nome no fim da folha. O texto dizia:

*PERMISSÃO PARA PORTAR UM ANIMAL SELVAGEM*

*Certifica-se por meio desta que Kaarlo Vatanen, o proprietário desta permissão, está oficialmente autorizado a cuidar e criar uma lebre selvagem, com base no fato de que o proprietário da permissão cuidou do láparo quando este machucou a pata esquerda traseira, consequentemente correndo risco de morte.*

U. Kärkkäinen, *Guarda de Animais Silvestres*
*Escritório de Preservação de Animais*
*Silvestres do Sul de Savo, Mikkeli*

— Alimente-o com trevo fresco. Você o encontrará em quase qualquer lugar nessa época do ano. E, para beber, dê-lhe água filtrada; é inútil tentar forçá-lo a tomar leite. Além do trevo, capim fresco também pode ser, e cevada... e ervilhaca de campo. De fato, ele gosta de todas as vicias e também do trevo sueco alsike. No inverno, é melhor dar casca de árvores decíduas e gravetos congelados de arando também, se for mantê-lo na cidade.

— Que tipo de planta é a ervilhaca do campo? Não conheço.

— As vicias você conhece?

— Acho que sim. Pertencem à família das ervilhas, não? Elas têm o mesmo tipo de gavinhas pegajosas que as ervilhas.

— A ervilhaca do campo é muito parecida com a vicia. Tem flores amarelas. É o jeito mais fácil de reconhecê-la. Vou fazer um desenho para você, assim você poderá achá-la.

Kärkkäinen pegou uma folha grande de papel e desenhou plantas com um lápis grafite. Ele não era um desenhista talentoso. O lápis avançava no papel com o pulso pesado. O grafite afundava no papel e quebrou algumas vezes. Depois de um longo esforço, uma imagem começou a se formar. Vatanen a espiava com grande interesse. Kärkkäinen puxou o papel para o lado, mostrando o desejo de terminar seu trabalho criativo sem ser perturbado.

— E então há essas pequenas flores amarelas... droga, deveria haver um pouco de amarelo aqui, para te dar uma ideia melhor. Vou pegar a aquarela do meu filho.

Kärkkäinen pegou um pouco de água e começou a colorir o desenho atarracado de uma planta. Coloriu os ramos e as folhas de verde, limpando cuidadosamente o pincel antes de pintar as flores de amarelo.

— Este papel está fino. A cor se espalha.

Quando as flores estavam tingidas de amarelo, o guarda colocou seus materiais de lado e soprou a pintura para secá-la. Olhou longamente para o seu trabalho, segurando-o a uma boa distância, para avaliar o resultado.

— Não sei se este desenho será de alguma utilidade para você, afinal, mas é mais ou menos assim que é a planta. A lebre a comerá com gosto. Aquelas gavinhas saíram um pouco grossas. Você terá que afiná-las um pouco mentalmente quando estiver comparando às plantas de verdade. Tem uma pasta para que não precisemos dobrá-lo?

Vatanen balançou a cabeça. Kärkkäinen lhe deu um envelope cinza, grande o bastante para colocar o desenho sem dobrá-lo.

Ele agradeceu por todas suas orientações. O guarda sorriu, um pouco embaraçado, mas satisfeito. No jardim, apertaram calorosamente as mãos.

O motorista do táxi tinha esperado por meia hora. Vatanen lhe pediu que fosse à periferia da cidade, para algum lugar com muito verde. Encontraram um lugar adequado sem muita dificuldade: um pequeno bosque de abetos de bom tamanho, coberto de dentes-de-leão, à beira da estrada.

O motorista perguntou se podia sair e ajudar a colher as flores, pois o tempo tendia a se arrastar quando estava sentado sozinho no carro quente.

Não havia problemas.

Vatanen lhe deu a aquarela de Kärkkäinen. Não levou muito tempo até o motorista, enquanto fuçava o bosquezinho, dar um salto: havia encontrado a ervilhaca do campo. Várias outras recomendações do guarda cresciam nas proximidades.

— Sempre fui fascinado por plantas — confessou o motorista para Vatanen.

Depois de uma hora, os homens haviam colhido uma boa quantidade de alimentos, que a lebre avidamente devorou. Enquanto isso, o motorista saiu para trazer um pouco de água do hidrante. Ele a trouxe em uma calota de carro, que, antes, tinha lavado bem debaixo da torneira. A lebre tomou longos goles da calota e o motorista dividiu o resto com Vatanen. Quando a água terminou, o motorista colocou a calota de volta com um tapa na roda da frente.

— Que tal levar esses capins para minha casa? Eles podem ficar no armário do corredor enquanto você procura por um hotel ou algo do tipo.

De volta à cidade, foram para o prédio do motorista e entraram com o carro no estacionamento. Juntaram as plantas e pegaram o elevador para o quarto andar. A porta do apartamento foi aberta por uma mulher acanhada que parecia um pouco surpresa de ver o marido ao lado de outro homem, ambos parados de pé com os braços cheios de plantas de cheiro doce.

— Helvi, essas plantas são do meu cliente. Vamos colocá-las no armário até ele precisar delas.

— Tenha dó... — ela gemeu. — Como elas todas vão caber? — Mas parou de falar quando viu a irritação no rosto do marido.

Vatanen pagou a viagem. Antes de partir, agradeceu ao motorista mais uma vez, e este disse:

— É só ligar e levarei os capins.

## 5.
## PRISÃO

Em meados de junho, as viagens de Vatanen o haviam levado à estrada para Nurmes. Estava chovendo, e ele sentia frio.

Descera do ônibus de Kuopio, que agora seguia para Nurmes. E aqui estava, em uma estrada chuvosa, encharcado por causa de uma decisão precipitada. O vilarejo de Nilsiä ficava a quilômetros de distância.

A perna traseira da lebre havia se curado e o animal, àquela altura, estava quase totalmente crescido. Felizmente, ainda cabia no cesto.

Porém, de qualquer maneira, virando a esquina ele encontrou uma casa: térrea e com sótão — um local de aparência próspera. Perguntaria, decidiu Vatanen, se seria possível passar a noite. Uma mulher com uma capa de chuva raspava o jardim com as mãos pretas de terra. Era uma mulher velha. Uma imagem da sua esposa passou pela sua mente. Algo naquela mulher o fazia se lembrar dela.

— Boa tarde.

Ela se levantou, olhou para o visitante e depois para a lebre molhada saltitando aos seus pés.

— Meu nome é Vatanen. Acabo de vir de Kuopio e desci aqui por engano. Deveria ter ido até Nilsiä. Está chovendo bastante, como é de se esperar por aqui, imagino.

A mulher ainda olhava fixamente para a lebre.

— O que diabos é isso?

— Só uma lebre. É de Heinola. Eu a adotei como uma espécie de companheira de viagem... Estamos viajando juntos.

— Então o que você quer? — perguntou, suspeita.

— Nada em especial, na verdade. Só estou indo de lugar em lugar, visitando várias cidades com a lebre, passando o tempo... e, como disse, desci do ônibus no ponto errado e já estou bastante cansado. Seria possível eu ficar e passar a noite?

— Terei que perguntar a Aarno.

Ela entrou. A lebre estava com fome e começou a mordiscar as plantas do jardim. Vatanen fez com que parasse e, no final, pegou-a no colo.

Um homem apareceu à porta da frente, pequeno, de meia-idade, ligeiramente calvo.

— Vá embora — disse. — Não pode ficar aqui. Vá embora agora.

Vatanen ficou um pouco irritado. Perguntou ao homem se ele pelo menos poderia chamar um táxi.

O homem repetiu a ordem para que fosse embora, parecendo um pouco assustado dessa vez. Vatanen caminhou até ele em uma tentativa de resolver o problema, mas o homem entrou e bateu a porta na sua cara. Bando de doidos! Pensou Vatanen.

— Ligue agora, ele é completamente maluco — A voz da mulher podia ser ouvida pela janela.

Vatanen concluiu que estavam chamando um táxi.

— Alô, aqui quem fala é Laurila. Venha para cá logo, o mais rápido que puder. Ele está à porta, tentou entrar, completamente maluco. Está com uma lebre.

A ligação terminou. Vatanen tentou abrir a porta da frente: trancada. A chuva caía. Um rosto carrancudo apareceu na janela, gritando:

— Pare de mexer na porta... tenho uma arma!

Vatanen foi se sentar no balanço do jardim — lá havia um toldo. A mulher gritou da janela:

— Nem tente entrar!

Depois de um tempo, um carro preto da polícia apareceu na ruela. Dois policiais uniformizados saltaram e se aproximaram. As pessoas da casa agora apareceram à porta, apontando para Vatanen e dizendo:

— Levem-no, é ele.

— Está certo — disseram os policiais. — O que você tentou fazer aqui?

— Pedi que chamassem um táxi, mas ligaram para vocês.

— Estou certo se disser que você está com uma lebre?

Vatanen abriu a tampa do cesto: a lebre acabara de entrar, fugindo da chuva. O animal olhou nervosamente para fora do cesto, parecendo de alguma forma culpado. Os policiais se entreolharam, fizeram um sinal com a cabeça, e um deles disse:

— Bem senhor, é melhor vir conosco. Dê-nos o cesto.

## 6.
## O Delegado

Os policiais se sentaram, com a lebre, nos bancos da frente. Vatanen ficou atrás, sozinho. De início, viajaram em silêncio, mas, antes de chegarem ao vilarejo, o policial que segurava o cesto disse:

— Você se importa se eu der uma olhada?

— Claro que não, só não a levante pelas orelhas.

O policial abriu o cesto e olhou para a lebre, que esticou a cabeça para cima. O policial que dirigia se curvou para espiar. Desacelerou e diminuiu a marcha para ver melhor.

— É deste ano — disse o motorista. — Será que nasceu neste inverno?

— Acho que não. Uma ou duas semanas atrás ela ainda era muito pequena. Provavelmente nasceu em junho.

— É macho — concluiu o outro policial.

Eles chegaram ao vilarejo de Nilsiä e o carro entrou no estacionamento da delegacia. A tampa do cesto foi colocada novamente e Vatanen foi levado para dentro.

O policial de plantão estava sentado com uma aparência sonolenta, a camisa do uniforme desabotoada, e ficou visivelmente feliz ao ver que tinha companhia.

Ofereceram uma cadeira para Vatanen. Ele tirou alguns cigarros do bolso e os ofereceu aos policiais. Ambos se entreolharam e, depois, cada um pegou um cigarro. O telefone tocou e o policial de plantão respondeu.

— Delegacia de Nilsiä, Heikkinen falando. Ah. Está certo, o pegaremos amanhã. Ah, bastante calmo, apenas um caso até agora.

O policial de plantão olhou para Vatanen como se estimasse que tipo de caso era aquele.

— Recebemos uma ligação sobre ele de Laurila. Claramente tentou invadir. Mas parece bastante decente. Acabamos de trazê-lo. Tchau.

Desligou o telefone.

— Oficial de assistência pública. Teremos que pegar Hänninen amanhã — senão ele não se mudará, é o que parece.

Heikkinen questionou Vatanen com um olhar. Arrumou alguns papéis em sua mesa e então falou, em um tom mais oficial:

— Sim... voltemos a isso. Posso ver seus documentos?

Vatanen lhe deu sua carteira. O policial pegou os documentos de identificação e um maço de dinheiro. Os outros se aproximaram para ver o que havia. O policial analisou os documentos de identificação e então contou o dinheiro. Levou bastante tempo; sua voz ecoando na sala enquanto ele prosseguia com o trabalho. Era como a contagem dos resultados finais das eleições presidenciais.

Ele assobiou.

— Cinco mil oitocentos e cinquenta marcos.

Houve um longo momento de silêncio.

Então Vatanen explicou:

— Vendi meu barco.

— Por acaso você tem o recibo com você?

Vatanen teve que admitir que não tinha.

— Nunca tive um maço como esse na minha carteira em toda a minha vida — disse um dos policiais que o haviam prendido.

— Nem eu — disse o outro, com raiva.

— Você é o Vatanen que escreve notícias para revistas semanais? — perguntou Heikkinen.

Vatanen balançou a cabeça afirmativamente.

— O que está fazendo por esses lados? Algum trabalho de jornalista, é? Você está com uma lebre, não é?

Não, disse Vatanen. Ele não estava a serviço. Onde, perguntou, ele poderia passar a noite? Estava muito cansado.

— Temos uma acusação contra você. Do doutor Laurila. Ele é o médico local e pediu que o detivéssemos. Temos que fazer isso.

Vatanen disse que não entendia como algum Laurila podia simplesmente fazer com que qualquer um que ele quisesse fosse detido.

— Mas, de qualquer forma, é nosso dever fazer algumas investigações, considerando também que você está com todo esse dinheiro. Qual é o significado dessa lebre? O médico alega que você tentou invadir a casa dele, forçou-o a chamar um táxi... *e* exigiu ameaçadoramente acomodação para a noite. O suficiente para mantê-lo sob custódia; não que seja algo sério, é claro. Se ao menos você disser o que está fazendo aqui...

Vatanen explicou que deixara sua casa e seu emprego, que aquilo era, de fato, uma fuga. Não conseguira ainda decidir o que faria a seguir. Enquanto isso, estava dando uma olhada naquela parte do país.

— É melhor contatar os garotos em Kuopio — decidiu o policial de plantão. Em seguida, ligou para um número. — Alô, aqui é Heikkinen, de Nilsiä. Boa noite. Temos um caso estranho aqui... para começar, ele está carregando uma lebre domesticada. É jornalista. Acusações criminais foram feitas por telefone: perturbação da paz, invasão domiciliar para passar a noite... Sim, e tem na carteira quase seis paus em espécie. Parece bater bem, porém. Não é por isso que estou ligando. Quero saber que fazer com ele. Quer ser solto... sim, um desses pode escrever coisas... Ele disse que não está fazendo nada em particular, só dando uma olhada por estes lados com a lebre. Também não está bêbado. Não, parece bastante decente. Sim. Mas poderia causar um transtorno... Você não diz... Certo, bem, é melhor que fiquemos com ele então, suponho... Bem, muito obrigado. Chovendo, está um temporal aqui, choveu o dia todo... Bom, até mais então, tchau.

— Os rapazes em Kuopio dizem que eles o manteriam preso de qualquer forma por esta noite. Você é um andarilho e está com todo esse dinheiro; além disso, há a acusação criminal. Então, aceita isso tudo?

— Não pode ligar para o delegado? Com certeza você não está sob a autoridade de Kuopio.

— Teria ligado desde o início, mas ele está pescando, mesmo com chuva, neste momento. Não voltará até por volta das dez horas, se voltar. Infelizmente sou o oficial mais sênior aqui.

Kuopio aconselhou não soltá-lo em circunstância nenhuma. De qualquer forma, para onde você iria agora, em uma noite chuvosa como esta?

— Mas aonde vocês vão deixar a lebre? — continuou Vatanen, com um toque de malícia.

A atenção se concentrou novamente no animal, cujo cesto fora movido da mesa para o chão durante a contagem das notas. De lá, o láparo acompanhava placidamente o progresso do interrogatório. Vatanen viu um novo problema surgindo para a polícia.

— Hmmm... Onde colocar a lebre, então... e se a confiscarmos para o Estado e a soltarmos na floresta? Ela vai se virar bem lá.

Vatanen mostrou a licença que obtivera de Mikkeli.

— Tenho uma autorização oficial para manter este animal sob meus cuidados. Ele não pode ser confiscado ou solto ilegalmente. Privado dos meus cuidados, em outras palavras. Também não pode colocá-lo em uma cela. Uma cela é um local muito pouco higiênico para um animal selvagem sensível. Ele poderia morrer.

— Eu poderia levá-lo para casa esta noite — ofereceu um dos policiais mais novos, mas Vatanen objetou essa alternativa também.

— Somente se você for treinado para lidar com animais selvagens e possuir uma coelheira apropriada. Além disso, a lebre sem dúvida precisa de alimentos especiais, como ervilhaca do campo e muitas outras ervas. Senão ela poderia morrer por intoxicação alimentar. Se qualquer coisa acontecesse com a lebre, você seria responsabilizado, e animais deste tipo não são baratos.

A lebre estava acompanhando a troca de argumentos, parecia balançar a cabeça afirmativamente durante a fala do dono.

— Uma grande confusão — O policial de plantão explodiu.
— É melhor você ir. Volte aqui amanhã, para interrogatório. Dez horas em ponto. E leve essa lebre com você.

— Espere — alertou o policial jovem. — O que Laurila dirá quando souber disso? E o que sabemos desse cara? Olhem para esse dinheiro e, no entanto, ele não tem nem um carro. De onde ele é? De fato, ele realmente é Vatanen?

— Sim... Hum. Então, não vá ainda. Tenho que pensar. É um pouco de azar que o delegado esteja ocupado. Alguém tem um cigarro?

Vatanen ofereceu mais cigarros. Mais uma vez, todos fumaram. Por um longo momento, nada foi dito.

Finalmente, o policial mais jovem informou:

— Não nos leve a mal. Não temos nada pessoal contra você, sabe, absolutamente nada, mas a polícia também tem regras, para nós também, a polícia. Sem aquela lebre, por exemplo, tudo seria muito mais simples. Olhe para isso do nosso ponto de vista. Pelo que sabemos, você poderia ser um assassino. Poderia ter matado alguém antes de deixar Helsinque... Ficado louco, talvez, vagando sem destino por aqui. De fato, você *está* vagando sem destino... Poderia ser um perigo para toda a comunidade.

— Não vamos exagerar — disse Heikkinen. — Isso não tem nada a ver com assassinato.

— Mas poderia ter, em teoria. Não quero dizer que tenha, mas facilmente poderia ter.

— Tão facilmente quanto eu mesmo poderia ser um assassino — disse sarcasticamente o policial de plantão. Ele apagou o cigarro, lançou um olhar bravo para a lebre, e então disse: — Vamos fazer assim: fique aqui, de qualquer jeito. Nesta mesma sala, se quiser... até eu poder ligar para o delegado. Levará mais ou menos umas duas ou três horas. Então poderemos resolver tudo. Enquanto isso, se estiver cansado, tire um cochilo naquele beliche. Se quiser, faremos café. Para que essa pressa? O que acha disso?

Vatanen aceitou a oferta.

A lebre, em seu cesto, foi colocada em uma cama do plantão noturno no fundo do quarto. Vatanen perguntou se podia olhar que tipo de cela havia na delegacia de Nilsiä. O policial de plantão se levantou prontamente para mostrar. O grupo todo prosseguiu para a cadeia e Heikkinen abriu uma das portas, explicando:

— Nada de especial. Na maior parte das vezes, recebemos apenas bêbados. Recebemos pessoas de Tahkavuori, às vezes. Tivemos algumas pessoas importantes aqui também — informou a Vatanen.

Havia duas celas interligadas, modestas. As janelas, de vidro aramado fosco, não tinham grades. Presas à parede havia uma cama tubular, uma privada sem tampa e uma cadeira, também fixa. Uma luminária sem o quebra-luz balançava no teto.

— Eles normalmente quebram a luminária nos momentos de fúria, e então têm que se sentar no escuro. Deveria colocar uma grade de ferro em volta dela. Os mais altos conseguem saltar e alcançá-la.

Os policiais fizeram café. Vatanen preferiu se deitar na cama. Os policiais papearam sobre o caso em voz baixa, pensando que ele estivesse dormindo. Mas Vatanen ouviu como os homens julgavam Laurila. De modo geral, pensavam ser um caso bastante curioso: melhor agir com cautela, pelo menos no início. O jornalista adormeceu.

Mais tarde, por volta das dez, Heikkinen o acordou. O delegado fora contatado e estava a caminho. Vatanen esfregou os olhos, olhou para o cesto aos seus pés e viu que estava vazio.

— Os rapazes estão no pátio com ela. Vimos que não fugiu e ela podia estar com fome, então conseguimos um pouco daquela ervilhaca do campo da qual você falou. Ela realmente comeu bastante.

Os policiais mais novos entraram com a lebre. Soltaram-na, e ela saltou no chão, fazendo cocô em todo lugar. Os policiais chutaram para os cantos, mas, ao ver que aquilo não funcionara muito bem, pegaram um trapo da mesa de centro e juntaram as cacas contra a parede.

Um pequeno carro amarelo estacionou. O delegado entrou na sala e notou a lebre no chão, sem demonstrar surpresa. Esticou a mão para Vatanen e se apresentou:

— Savolainen.

O policial de plantão relatou todo o caso para ele. O delegado, homem bastante jovem, provavelmente recém-graduado em jurisprudência, viera para o interior para construir sua carreira. Certamente pareceu bastante profissional enquanto ouvia o relato.

— Os rapazes de Kuopio te disseram para prendê-lo?

— Foi o que recomendaram, mas não o fizemos até falarmos com o senhor.

— Fizeram certo. Conheço Laurila.

O delegado examinou os documentos de Vatanen e devolveu seu dinheiro. — Ligarei para o médico — disse, pegando o telefone.

— Delegado de Polícia Savolainen falando. Boa noite. É de meu conhecimento que você registrou uma acusação contra certa pessoa. Isso mesmo. Porém, esta é a situação: seu relato não tem fundamento. É a conclusão a qual chegamos durante as investigações. É importante que você venha aqui imediatamente para esclarecer as coisas. Amanhã não pode ser, de jeito nenhum. Isso resultará em uma situação muito difícil para você a não ser que, de alguma maneira, possa resolver o problema. Se a pessoa em questão registrar uma queixa, não sei o que eu, como oficial de polícia, poderei fazer. De qualquer forma, você é responsável pela detenção e ela pode registrar uma queixa de falsa acusação contra você. Ela foi forçada a passar um tempo considerável aqui na delegacia. Quando você chegar, não me encontrará aqui, mas poderá se explicar para o policial de plantão, responsável pelo seu interrogatório. Até logo.

O delegado abriu um largo sorriso. Ele disse para Hekkinen:

— Investigue Laurila. Interrogue-o sobre tudo. Force-o a pensar em respostas adequadas. Pergunte o que quiser. Você até poderia tirar suas impressões digitais. Quando terminar, fale para ele que pode ir. Diga que o promotor público, ou seja, eu, não registrará queixa a não ser que a pessoa em questão considere apropriado. Bem, você conhece o procedimento. Sim, e Vatanen, onde você vai passar a noite? Vou voltar para o lago e ficar até a manhã. Colocamos algumas redes lá. Por que não vem comigo? Pode trazer sua lebre. É uma pequena cabana de madeira junto ao lago, apenas uma sauna de pesca. A lebre pode correr solta na natureza e você pode dormir em paz.

Os policiais acompanharam Vatanen, o delegado e a lebre até o estacionamento.

Heikkinen disse ao delegado:

— Desde o início, senhor, vi que esse Vatanen era uma pessoa de respeito.

## 7.
## O Presidente

A pequena cabana de pesca e a sauna de madeira do delegado ficavam junto a um lago na floresta. Havia uma trilha de toras até elas. De lá para o lago eram apenas alguns metros de distância.

— Lá dentro você encontrará meu companheiro de pesca, uma figura e tanto, um pouco estranho. Hannikainen está aposentado agora, costumava ser o delegado de polícia de Kiuruvesi.

Quando chegaram à cabana, ele estava sentado de costas para a porta: grelhava um peixe no fogão, no canto. Empurrou a grelha para o lado e apertou as mãos, depois ofereceu aos recém-chegados peixe quente em pedaços de papel-toalha. Àquela altura, Vatanen estava com fome de verdade. Deram à lebre um pouco de capim fresco e água.

Os outros dois saíram e Vatanen desmaiou em um beliche. Meio acordado, sentiu a lebre saltando na cama, perto de seus pés, ajeitando-se em uma posição confortável e se acomodando para a noite também.

Sonolento, na madrugada, Vatanen ouviu os homens voltando do lago e papeando do lado de fora, em voz baixa, antes de entrarem. O delegado foi dormir na sauna e Hannikainen se esticou no beliche. A lebre esticou a cabeça, mas logo voltou a dormir.

Pela manhã, Vatanen acordou descansado e alerta. Eram oito horas. O beliche de Hannikainen estava vazio. Os pescadores provavelmente haviam acabado de se levantar e acendiam uma fogueira lá fora. Um bule de café balançava da barra sobre o fogo e Hannikainen tirava algumas rosquinhas amanteigadas de um saco de plástico. Aves pernaltas gemiam às margens. Uma névoa matinal cobria a água e um dia claro estava a caminho.

Depois do café, o delegado partiu para o vilarejo para fingir serviço. O som de seu carro foi diminuindo pela estrada da floresta e desapareceu do campo de audição.

O outro entrou na cabana e saiu com um pouco de banha, que fatiou em uma frigideira sobre o fogo. A gordura começou a derreter e ele colocou meio quilo de carne bovina e suína enlatada. A fritura logo ficou pronta. Então cortou algumas fatias longas de um pão de centeio grande, colocou a carne frita pelando entre elas e ofereceu a Vatanen. Estava delicioso. Em Helsinque, Vatanen normalmente tinha dificuldade para tomar café da manhã, mas agora a comida parecia maravilhosa.

Hannikainen emprestou a Vatanen o equipamento de pesca do delegado, galochas e uma camisa de pesca. Os sapatos e o paletó do jornalista estavam pendurados em um gancho na cabana. Provavelmente ainda estão lá.

Andaram preguiçosamente nas proximidades da cabana o dia todo, pescando, fazendo sopa de peixe, refastelando-se no sol e olhando para o lago cheio de juncos. À noite, Hannikainen pegou uma garrafa de vodka da mochila, tirou a tampa e serviu uma dose para cada um.

Ele já estava envelhecendo, chegando alto e falante aos setenta, com os cabelos totalmente brancos. Durante o dia, os homens se conheceram. Vatanen contou onde e o quê acontecera na viagem. Hannikainen se apresentou como um viúvo solitário passando os verões como companheiro de pesca do jovem delegado. Era bem informado sobre os assuntos mundiais e tinha uma tendência à reflexão.

O que, pensou Vatanen, era tão estranho sobre ele? Até agora nada que justificasse o comentário do delegado na noite anterior aparecera no estilo de vida do homem, a não ser a pesca solitária de verão que, hoje em dia, era rara.

A resposta a esta questão estava a caminho.

Depois da segunda dose de vodka, Hannikainen tornou a conversa sobre política governamental mais séria. Falou da responsabilidade das pessoas no poder, das suas influências e condutas e revelou que, após se aposentar, começara a pesquisar sobre essas questões. Apesar da vida como delegado de polícia no interior, ele era surpreendentemente bem informado sobre as constituições dos países ocidentais, as nuances das leis parlamentares e a jurisdição em países socialistas. Vatanen ouviu com muito interesse o que Hannikainen dizia sobre as grandes questões internacionais com as quais advogados constitucionais frequentemente têm que lidar na Finlândia também.

Segundo Hannikainen, a constituição finlandesa deu ao presidente um poder de decisão grande demais em assuntos de Estado. Quando Vatanen perguntou se ele não achava que o presidente Kekkonen conseguira fazer um uso exemplar dos poderes que lhes foram dados, o homem respondeu:

— Há muitos anos tenho feito um estudo minucioso sobre o presidente Kekkonen... e estou chegando a uma conclusão extremamente perturbadora, perturbadora até para mim mesmo. Não quero dizer que estou perturbado com o seu desempenho. Sou, na realidade, um firme adepto da sua administração; entretanto... Tudo o que estou fazendo é coletar informações. Comparo, peneiro, faço inferências. O resultado é extremamente perturbador.

— A que conclusões você está chegando sobre Kekkonen?

— Mantive este assunto em segredo. Ninguém, exceto Savolainen e certo carpinteiro em Puumala, sabe. Nenhum deles revelará os resultados das minhas investigações. Veja bem, as conclusões às quais minha pesquisa levou teriam, se publicadas, uma terrível repercussão. Eu poderia ficar exposto à lei e, no melhor dos casos, me tornaria motivo de chacota.

Ele olhou fixamente para Vatanen. Seus olhos congelaram.

— Estou envelhecendo e talvez esteja um pouco senil... Entretanto, ainda não estou completamente louco. Se quiser saber o que descobri, tem que me dar a sua palavra e prometer que não usará o que sabe contra mim ou qualquer outra pessoa.

Vatanen prometeu prontamente.

— O assunto é tão sério que só posso implorar que considere seriamente o que irei agora te contar e que nunca me entregue.

Estava claro que ele tinha um desejo irresistível de dividir o segredo. Fechou a garrafa de vodka novamente, empurrou-a no musgo e foi andando a passos apressados para a cabana. Vatanen o seguiu.

Pendurada na parede, entre a janela e a mesa, havia uma grande e velha mala marrom. Vatanen a vira na noite anterior, mas não prestara atenção. Hannikainen abaixou a mala, colocando-a em um beliche, e abriu os fechos. Ela se abriu, revelando uma quantidade enorme de documentos e fotografias socados.

— Ainda não fiz a ordenação final do arquivo... a pesquisa ainda está incompleta. Mas, no geral, está tudo aqui. Com tudo isso, você chegará facilmente à conclusão.

O homem começou a tirar os documentos da mala: panfletos grossos escritos à máquina, diversos livros e fotos, todas mostrando o presidente Kekkonen em diferentes locais. Os livros também eram sobre ele: incluíam edições dos seus discursos, livros de Skytä a seu respeito e vários outros relatos, incluindo até um livro de piadas. Os documentos continham muitos gráficos, todos focados em Kekkonen.

Hannikainen tirou um maço de desenhos em papel quadriculado, mostrando seções longitudinais meticulosas de crânios humanos.

— Olhe isso — disse Hannikainen, mostrando duas figuras de crânio lado a lado sob a luz pálida da janela. — Vê a diferença?

À primeira vista, as imagens pareciam exatamente iguais, mas, olhando mais de perto, percebiam-se nos detalhes leves diferenças.

— Este do lado esquerdo mostra o crânio de Urho Kekkonen em 1945, logo depois da guerra. Depois, há este aqui, de 1972. Preparei esses desenhos depois de anos de pesquisa. Projetei contornos de fotos comuns em uma tela, em posições diferentes, e então transferir o contorno do crânio para o papel quadriculado. Para Kekkonen, o procedimento não tem nenhuma complicação, pois ele é careca. Este método é extremamente demorado e exige uma rara precisão, mas, na minha opinião, consegui resultados excepcionais. Eu diria que estas são medidas mais apuradas do que normalmente se conseguiria. Qualquer coisa mais exata teria que vir de um laboratório patológico, onde o próprio crânio estaria à disposição para que se tirassem as medidas.

Hannikainen selecionou outra imagem de crânio.

— Este é da época da formação do seu terceiro governo. Como você talvez veja, é exatamente igual ao crânio de 1945. E aqui está o de 1964, outra vez o mesmo. Agora! Veja isto: o de 1969! É diferente! Se você comparar isso, entretanto, com a foto de 1972, verá que eles têm muito em comum.

Ele mostrou seus desenhos entusiasmadamente, com os olhos arregalados e sorrindo, triunfante. Vatanen analisou as figuras e teve que admitir que os desenhos de eram exatamente o que Hannikainen dizia: crânios diferentes; os crânios mais antigos diferentes dos mais recentes.

— A mudança ocorreu durante 1968, talvez já no fim do ano, no mais tardar no primeiro semestre de 1969. Não consegui ainda precisar o fator temporal com mais exatidão, mas continuo com os meus estudos e tenho certeza de que chegarei a um ou dois meses da data exata. De qualquer forma, já pude provar, convincentemente, que uma mudança ocorreu e que ela é significativa.

Hannikainen fez uma pausa. Depois disse, enfaticamente:

— Falarei para você sem rodeios: esses contornos de crânios não são diagramas da mesma cabeça. A diferença é muito marcante, e de forma incontestável. Esses crânios antigos, ou seja, da época que Kekkonen era jovem, são, de certa forma, mais agudos na coroa, por exemplo. Nas fotos mais recentes, ele é mais chato na formação: a coroa é claramente mais arredondada. Olhe para a mandíbula. Nas fotos mais antigas, a mandíbula de Kekkonen é bem recolhida. Nas fotos recentes, ela avança alguns milímetros a mais e, ao mesmo tempo, as maçãs do rosto são mais baixas. Este perfil mostra isso melhor. Além disso, o occipício tem claras divergências, mesmo que não tão marcadas. Nas fotos antigas, ele é um pouco mais achatado do que nas mais recentes. Olhe aquilo! Quando uma pessoa envelhece, o occipício *nunca* fica mais saliente. Já o inverso, asseguro que acontece.

— O que você está dizendo é que a cabeça de Kekkonen mudou de formato em algum momento por volta de 1968?

— Estou dizendo muito mais do que isso! Conclui que, por volta de 1968, "o velho Kekkonen" ou morreu ou foi assassinado ou se afastou do governo por algum outro motivo, e seu lugar foi tomado por outra pessoa, quase igual ao antigo, até na voz.

— Mas e se Kekkonen ficou doente naquela época ou sofreu um acidente que remodelou seu crânio?

— Mudanças no crânio deste tipo, devido à doença ou a um acidente, levam meses de recuperação. Meus estudos indicam que o presidente, por toda a sua vida, foi muito ocupado e não ficou sem aparecer publicamente por mais de duas semanas consecutivas. E, além disso, não pude encontrar em nenhuma foto de qualquer cicatriz na sua cabeça. Verrugas sim, mas nada que indicasse uma cirurgia realizada em 1968.

Guardou as figuras de crânio na mala e mostrou um grande gráfico: uma curva com anotações com números.

— Este é o gráfico da altura de Kekkonen. Os números marcam sua altura desde a infância... Os números da infância não são muito precisos, mas, desde o serviço militar, que assumiu como sargento, eles são absolutamente exatos. Aqui está uma cópia da sua carteira de identidade militar. Vê? Desde então, ele tem 179 centímetros de altura... Tem a mesma altura aqui, na época do funeral do presidente Paasikivi e, agora, veja de novo! Chegamos em 1969: a curva salta subitamente alguns centímetros. Ele tem, de repente, 181 centímetros. A partir daí a curva se mantém imutável até este ponto, 1975, com nenhuma mudança em vista. Um aumento súbito na altura na terceira idade... algo um tanto surpreendente, não acha?

Hannikainen jogou a tabela para o lado. Procurou, um tanto freneticamente, por outra: um meticuloso gráfico do peso de Kekkonen.

— É claro que esses números não são tão conclusivos, mas acrescentam certos indícios. O peso de Kekkonen mudou muito pouco desde a meia-idade, manteve em certo ciclo anual. No outono, seu peso aumenta. Ele ganha até quatro quilos e meio, se comparado à primavera. No início do verão, sem exceção, está mais magro, voltando a ter o peso máximo no outono. Obtive esses números no Instituto de Saúde Ocupacional em

Helsinque e, assim, eles são de uma precisão garantida. Mas, para seguir o padrão década a década e comparar os anos uns com os outros, tive que calcular os pesos médios para cada ano, e é isso que o gráfico mostra. Agora veja, de 1956 até 1968, o peso médio anual é 79 quilos. Depois de 1968, é 84 quilos. O aumento de cinco quilos continua até hoje, totalmente estável, com exceção do ciclo sazonal de que comentei. De modo geral, apenas os dois primeiros anos presidenciais mostram uma exceção à curva, alguns quilos e a tal perda de peso, e, embora diminua a média do ano todo, é bastante natural e não afeta a curva de modo substancial.

Ele se voltou para mais evidências.

— Compilei um léxico do vocabulário de Urho Kekkonen. Aqui também, vemos a mesma divergência após 1968. Antes de 1968, seu vocabulário era notavelmente mais limitado. Pelo que pude notar, há um aumento de 1200 palavras em uso ativo. A razão, é claro, poderia ser que, após 1968, "O Novo Kekkonen", como o chamo, estava empregando novos redatores de discurso, mas mesmo assim, um aumento no vocabulário desse tamanho é extremamente considerável. Além disso, concluí que uma alteração significativa ocorreu também nas suas opiniões. A partir de 1969, elas se tornaram cada vez mais progressivas, como se ele houvesse rejuvenescido pelo menos dez anos. Sua lógica também se aprimorou notavelmente. Analisei seu desempenho com extremo cuidado e, mais uma vez, uma mudança clara para ocorre naquele ano. Além disso, ao longo de 1969, ele se tornou de certa forma mais menino. Estava fazendo coisas em público que jamais tentara antes.

Seu senso de humor claramente se desenvolveu e ele estava, de certa forma, muito mais tolerante com o povo do seu país.

Hannikainen fechou a mala, agora completamente calmo. Não havia sinal do fervor recente. Parecia até feliz.

Os dois saíram e o grito de um maçarico-real veio do lago. Por um longo tempo ficaram completamente quietos. Finalmente, ele disse:

— Estou certo de que você entende agora porque não seria de maneira nenhuma uma boa ideia sair publicando resultados de pesquisas como estas.

# 8.
## Incêndio Florestal

A lebre começou a gostar da vida perto do lago. Ela acompanhava os passeios de Hannikainen e Vatanen, e pulava bravamente no barco deles mesmo que fosse óbvio seu medo de água. Ficara mais alta, mais carnuda e mais forte.

Hannikainen fazia longos discursos sobre o presidente Kekkonen. A lebre olhava para os homens do fundo chato do barco, a cabeça caída para um lado. Suas pequenas fezes rolavam entre os peixes. Assim se passaram os dias no lago da floresta e ninguém sentia necessidade de ir a nenhum outro lugar.

Em uma manhã no fim de julho, entretanto, a lebre ficou inquieta. Esgueirava-se entre os tornozelos dos homens e, à noite, escondeu-se debaixo de um banco, na sauna.

— O que será que há com ela? — perguntaram-se eles.

Naquela mesma noite, notaram um cheiro forte de fumaça. E, conforme o lago ficava mais límpido, puderam ver, além dos juncos da outra margem, um capuz azul de fumaça se formando.

— Há um incêndio em algum lugar — disse Vatanen.

Na manhã seguinte, a fumaça era espessa o suficiente para fazer os olhos lacrimejarem. Havia um vento sobre o lago, mas a fumaça engrossava, cobrindo tudo como uma névoa marítima densa.

Na terceira manhã, Savolainen apareceu correndo em direção à cabana.

— Há um enorme incêndio em Vehmasjärvi. Vatanen, você terá que se juntar aos grupos de combate ao fogo. Leve a mochila de Hannikainen e coloque alguma comida nela. Espalharei a notícia pelos vilarejos e vamos partir imediatamente. Mais de mil hectares já estão em chamas.

— Devo ir também? — perguntou Hannikainen.

— Não, você fica aqui com a lebre. Os que têm mais de 54 não precisam ir.

Vatanen encheu a mochila com peixe, banha e meio quilo de manteiga e sal; depois partiu. Enquanto isso, a lebre foi atraída para a cabana para que não o seguisse.

Ele foi levado de Nilsiä a Rautavaara, onde centenas de homens estavam se reunindo, alguns voltando da área do fogo, outros a caminho. Aeronaves sobrevoavam continuamente, levando alimentos de Rautavaara para a área do incêndio. Homens cansados e cheios de fuligem, vindos do incêndio, não falavam muito sobre a situação; arrastavam-se para as suas tendas para dormir.

Em um espaço entre as tendas temporárias, o idoso farmacêutico de Rautavaara montara uma espécie de estação de primeiros socorros e, assistido por sua filha, enfaixava as pernas cheias de bolhas dos bombeiros e as molhava com ácido bórico. Uma equipe de televisão entrevistava o vice-prefeito da cidade. Uma jornalista do jornal *Savon Sanomat* tirava fotos; o próprio Vatanen apareceu no jornal. Todos recebiam sopa da cozinha de campanha.

Precisava-se de orientadores treinados. Vatanen disse que podia encontrar o caminho na selva com os olhos vendados e um grupo de voluntários com as mesmas habilidades foi reunido em um pesado helicóptero militar.

Antes de o helicóptero partir, o oficial responsável explicou o que tinha que ser feito:

— Tirei uma cópia do mapa da área para cada um de vocês. Ela dá uma ideia da distância que o fogo alcançou. Na noite passada, ele cessou no ponto marcado, mas não é aí que está agora. Neste momento, está viajando para o nordeste através dos topos das árvores a uma velocidade infernal. Hoje à noite limparemos um novo aceiro, onze quilômetros para cima. Durante a noite, deixaremos mais de dois mil hectares arderem. Metade disso pode, na verdade, já ter queimado. Estamos lidando com o maior incêndio na história da Finlândia, com exceção de Tuntsa. A tarefa é a seguinte: vocês serão baixados no ponto marcado com uma cruz na linha de avanço do fogo e formarão uma corrente com distância de cem metros uns dos outros, seguindo em direção a nordeste por pelo menos dez quilômetros aproximadamente, gritando e fazendo um tremendo barulho. Isso fará com que os animais fujam do caminho do fogo. Há também duas casas que terão que ser evacuadas. Levem as pessoas para o lago, neste ponto aqui.

Quaisquer outras pessoas também deverão ser tiradas da área do fogo. Além disso, segundo nossos relatórios, há muito gado fugidio neste fim de mundo, saindo de Nilsiä; alguns cavalos e cerca de cinquenta vacas. Todos têm que ser levados para o lago. O lago fica neste ponto no mapa.

Eles sobrevoaram a área do fogo e o calor ardente lá embaixo parecia chegar até o helicóptero. O ar estava envolto por uma mortalha grossa de fumaça, o solo mal era visível. O helicóptero era jogado no ar com a turbulência e parecia que as longas lâminas do rotor principal estavam prestes a rachar e derrubar a aeronave na fornalha abaixo.

O helicóptero passou da área do incêndio e começou a descer como uma enorme libélula. Seus rotores resmungaram; fumaça azul foi arremessada da parte traseira no ar fumegante. Quanto mais baixa a aeronave ficava, em mais copas de árvore ela batia. Finalmente, os cones de pinheiro no solo voaram para todos os lados na corrente quente de ar; o helicóptero aterrissou e o rugido dos rotores diminuiu.

Os homens saltaram e correram do alcance das hélices, abaixando-se sob a pressão causada pelo seu movimento. A porta bateu, fechando-se; os rotores rugiram e o helicóptero desapareceu no ar fumacento. Eles foram deixados na floresta esfregando os olhos lacrimejantes.

Vatanen ocupava um lugar no centro da corrente. Todos se dispersaram dentro da floresta, os gritos ecoando na floresta coberta de fumaça. A vida realmente é surpreendente, Vatanen pensava: havia apenas um mês estivera sentado, morrendo de tédio em um bar da esquina, com um caneco de cerveja meio quente na mão; e agora lá estava ele, em um lugar selvagem e quente, cercado de fumaça, carregando uma mochila com peixe fresco e sentindo o suor escorrer da virilha.

— Aqui é mil vezes melhor do que em Helsinque. — Ele abriu um largo sorriso, os olhos se enchendo de água.

O terreno se tornava uma depressão úmida e uma grande lebre branca se movia em zigue-zague, sem saber para que lado ir. Vatanen a guiou para o lado oposto ao fogo e a criatura desapareceu. Em um denso ajuntamento de abetos além da depressão, uma vaca apareceu mugindo freneticamente. Era tanto pânico devido a tudo que passara que seus intestinos estavam soltos: os flancos estavam borrifados de bosta até o topo das suas costas e seu rabo era um chicote preto malcheiroso. A vaca olhou fixamente para ele, os olhos úmidos e arregalados de medo, espremendo um mugido estúpido da garganta ofegante. Ele a agarrou pelos chifres e girou sua cabeça com toda a força, apontando para o nordeste, em seguida chutou seu traseiro. A pobre criatura finalmente entendeu a ideia e desapareceu na direção que deveria ir, com fezes se derramando do seu traseiro e seu sino batendo como um alarme de incêndio de um monastério. Vatanen enxugou os olhos, perguntando-se como era possível tanta água sair deles.

A floresta fervia com vários animais: esquilos e lebres; uma ave de caça levantou voo e abriu as asas, aterrissando novamente; Vatanen perseguiu tetrazes como um fazendeiro perseguindo galinhas até fazê-los entender a direção que deveriam seguir. Chegou a um riacho, um pequeno rio de águas claras de cerca de três metros de largura. A fumaça pairava sobre as margens suntuosas e a água: havia uma beleza encantadora.

Tirou as roupas suadas e entrou nu na água fria, lavando os olhos vermelhos e enchendo a boca com água fresca. Depois da pesada marcha pela fumaça, um mergulho calmo no riacho era o céu. Ele nadou lentamente contra a corrente, seguindo o leito peculiarmente tortuoso do riacho. A água corria lentamente contra ele, e Vatanen se sentiu completamente feliz.

De repente, viu algo junto à grama densa da margem do rio: o braço de um homem — uma mão peluda e bronzeada. Saía da grama e repousava até o cotovelo na água.

Vatanen estava em choque: parecia a mão de um cadáver. Ele nadou em sua direção e a segurou. Não estava solta: pertencia a um homem grande, deitado com a boca aberta nos arbustos da margem do rio. Vatanen saiu da água e se curvou sobre a figura. Checou o pulso: batia normalmente. Colocou o rosto perto da boca do homem para ver se ele respirava.

Deparou-se com um fedor horrível de álcool. Chacoalhou o homem, que lentamente acordou. Ele se virou e olhou fixamente para Vatanen por um momento, como se tentasse reconhecê-lo; então esticou a mão para cumprimentá-lo.

— Sou Salosensaari. Quem é você?

— Vatanen.

Depois do aperto de mãos, Vatanen ajudou o outro a se levantar.

— Escute, você está vendo um homem que lidou com o pior azar deste mundo.

Ele começou a explicar. Nas férias, decidira passar algumas semanas pescando e fabricando birita ilegal em um local pacato onde pudesse ter certeza absoluta de que não seria perturbado. Assim, partiu com todo o equipamento e montou sua modesta destilaria. Então, pouco depois dos primeiros dez litros terem sido cozidos, o que aconteceu? Um incêndio incinerou sua destilaria, fazendo-o dar no pé com um barril de dez litros da birita nas costas e o fogo o seguindo de perto Agora ali estava ele: sua mochila e provisões em chamas, tudo já era: equipamento de pesca, tudo. Só restava a primeira leva da birita.

— Então aqui estou. Já é o segundo dia que estou aqui, parado perto do rio, bebendo. Ainda tenho uns bons litros. Que azar desgraçado! — O homem lamentou.

Vatanen acendeu uma pequena fogueira às margens do rio e cozinhou o peixe. Salosensaari foi nadar enquanto esperava e, depois, ambos se empanturraram. Quando terminou de comer, Salosensaari ofereceu um pouco da sua bebida.

E por que não? Vatanen aceitou e bebeu um pouco. Bendita coisa! Esquentava o estômago. Bebeu mais um copo.

— Vou te dizer, Salosensaari, você tem mão para fazer birita.

Por toda a tarde os dois continuaram se embebedando. De vez em quando, cozinhavam peixes ou nadavam. Quanto mais bebiam, menos interessados ficavam em toda a história do incêndio florestal.

Quando a noite se aproximou, estavam tão bêbados que foi o maior dos esforços se arrastar para fora do riacho em que mergulhavam vez ou outra para se refrescar. Ele era fundo o bastante para que, em certos lugares, a água chegasse aos seus pescoços.

— É só preciso tomar um pouco de cuidado para não se afogar sem querer — Salosensaari repetia.

À noite, o incêndio os alcançou.

Era um reino encantado. Árvores em chamas iluminavam a noite dos dois lados do riacho — enormes flores vermelhas esvoaçantes. O calor era tão extremo que, enquanto o fogo durou, os dois tiveram que ficar dentro d'água: apenas suas cabeças cozinhando no brilho infernal. Levaram o barril de bebida com eles e a tomavam em grandes quantidades, observando com muito interesse o show destrutivo selvagem.

A floresta estourou, o fogo retumbando dentro das árvores, com brasas sibilantes voando para dentro do riacho. Seus rostos dos homens brilhavam, vermelhos, sobre a água, e eles riam e bebericavam.

— Imperador Nero observando o incêndio de Roma com Rômulo — gritou Salosensaari.

Pela madrugada, o incêndio havia passado; os homens emergiram do riacho, exaustos, e desmaiaram instantaneamente de sono às margens queimadas do rio.

Não acordaram até o meio-dia, quando cada um seguiu o seu caminho, despedindo-se com um aperto de mãos. Salosensaari tomou a rota mais curta para Rautavaara e Vatanen seguiu para o ponto perto do lago onde as pessoas evacuadas se reuniriam. A estrada cheia de cinzas derretia os desenhos de borracha nas solas das suas botas.

O fogo fora contido a alguns quilômetros. Vatanen atravessou o aceiro e entrou na floresta verde. Logo estava no lago, onde tanto pessoas quanto animais se aglomeravam. Quanto às pessoas, provavelmente suas casas haviam sido queimadas. Crianças estavam se divertindo às margens do lago; o gado mugia de medo em um campo; os bombeiros se deitavam à beira do lago como troncos cheios de fuligem.

Vatanen entregou o resto do peixe guardado na mochila para as mulheres, que começaram a fazer sopa em um caldeirão suspenso sobre uma fogueira. Bem quando ele caía no sono, um trator veio para a margem, fazendo muito barulho. Ele emergiu da área do fogo, esmagando as árvores no seu caminho; enormes pinheiros vermelhos entravam debaixo da sua escavadeira, como salgueirinhas debaixo das botas de um bêbado. Ele puxava um grande trenó de aço com homens sentados segurando serras elétricas e mochilas aos seus pés.

O trator entrou com um estrondo no meio da cena. Crianças acordaram chorando; as vacas entraram em pânico, levantando pesadamente seus pés e começando a mugir. Mulheres gritaram com o motorista, repreendendo-o: como podia vir de repente e abalar todos assim, acabando com a paz no lago?

O motorista não conseguiu ouvir o que as mulheres gritavam. Desligou o motor e olhou para elas em deslumbramento: provavelmente era difícil distinguir as vozes humanas após o alto barulho do trator.

— Ficou maluco? — ralharam elas. — Assustando a tudo e a todos assim! Não vê que as crianças acordaram e que as vacas ficaram agitadas com essa barulheira?

O motorista esfregou a mão cheia de fuligem no próprio rosto preto e disse propositalmente devagar:

— Calem a boca, suas bruacas.

— Não nos chame de bruacas, seu cretino! — berraram as mulheres, furiosas.

O motorista desceu e passou por elas.

— Dirigi esta coisa maldita por três dias e três noites sem parar e sem dormir. Então, calem a boca.

Dava para perceber. Ele estava um trapo. O suor tinha escorrido, deixando grandes marcas de fuligem descendo pelas suas bochechas: o rosto cansado parecia tinta borrada. Foi até o lago e o lavou, colocando um pouco de água na boca com as mãos; gargarejando alto, cuspiu a água de volta no lago. Voltou com o rosto ainda molhado, sem querer secá-lo com as mangas também sujas de fuligem. O caldeirão de sopa de peixe borbulhava sobre o fogo. Foi dar uma olhada nele, tirou uma lata da mochila e começou a se servir.

— Pare com isso! — gritaram as mulheres. — Quem você pensa que é? Essa sopa de peixe é nossa!

O homem conseguira colocar apenas uma concha da sopa de aroma delicioso na lata. Não pegou mais: arremessou a lata e a sopa de volta para o caldeirão; jogou a concha na floresta, longe demais para que se pudessem ouvi-la caindo. Caminhou lentamente para o trator, saltou atleticamente no banco do motorista, ligou a enorme máquina e apertou a bota pesada com força no acelerador. O motor roncou, faíscas choveram do escapamento e a máquina saiu fazendo barulho, deixando marcas largas dos pneus nas margens alisadas pelos passos.

O motorista mirou o trator direto na fogueira e no caldeirão fervente. Aproximando-se do fogo, abaixou a escavadeira, que passou arranhando o chão e tirando a camada de um metro de terra; em seguida derrubou a fogueira e o caldeirão e os esmagou dentro do solo. Fumaça subiu antes da sopa e dos apetrechos de cozinha desaparecerem debaixo da terra revirada. Não sobrou nada além de um canal de um metro de profundidade apontando para o lago. Três tipos de cheiro pairavam no ar: terra fresca, diesel queimado e o aroma da sopa de peixe que se esvaía.

O motorista não parou após apagar o fogo: acelerou até a velocidade máxima. O veículo abriu caminho às margens do lago; o chão se abriu, suas esteiras fizeram barulho e os arbustos balançaram enquanto a máquina atravessava a margem; a superfície calma foi perturbada. A escavadeira formou uma enorme onda espumosa no coração da água; era como se um hipopótamo de aço entrasse furiosamente na água.

O fundo do lago tinha um declive gradual: primeiro a escavadeira imergiu, depois, as esteiras. Quando a água espumou para dentro delas, o barulho metálico foi substituído por um som molhado. O trator formava uma onda à sua frente, indo cada vez mais para longe das margens. Logo a água subiu até o superquente motor: houve roncos e borbulhas à medida que a água do lago fervia. Uma nuvem grossa de vapor se espalhou para o alto, como se a máquina tivesse subitamente explodido em chamas.

O motorista forçou o veículo cada vez mais para o fundo: a água subiu até o topo do motor, a manivela foi submergida e logo uma onda cobria o capô. A máquina afundou ainda mais e a água fez um redemoinho em volta das nádegas do motorista. Simultaneamente, o motor engoliu água ruidosamente, tossindo até um cessar barulhento. O trator estava ilhado a cem metros da margem.

As pessoas assistiam horrorizadas. O motorista se virou no banco, levantou lentamente com as calças pingando e então ficou em pé no chão da cabine. Virou-se na direção da margem e, após uma pausa, gritou alto:

— Já calaram a boca?

— O cara enlouqueceu por excesso de cansaço — cochichavam as mulheres, umas para as outras.

Os bombeiros esbravejaram, virados para o lago:

— Vai se danar! Você acabou com a sopa!

O homem respondeu, calmamente:

— É... acho que derramou.

— Nade de volta para cá, agora! — gritaram. Ele, porém, não começou a nadar. Ao contrário, subiu no capô de aço, a única parte fora da água. Apoiou-se contra o escapamento, tirou as botas e jogou a água de dentro delas no lago.

Alguém contou aos outros que ele não sabia nadar, e por isso não estava voltando.

Não havia barco. Eles teriam que construir uma jangada para tirá-lo dali. Os homens com as serras elétricas xingaram: estavam um trapo das noites sem dormir no aceiro; agora tinham que começar a fazer uma jangada para resgatar um motorista de trator lunático sentado no capô no meio do lago.

— Andem logo! Façam a jangada! — gritou o motorista.

— Pare de gritar. Faremos se tivermos vontade.

Os homens se reuniram. Um deles disse que a manhã seguinte seria tempo o suficiente. Ficar empoleirado lá em cima do trator durante a noite o ensinaria uma lição.

Decidiram fazer café antes de começar o trabalho. Quando o motorista viu que ninguém fazia nada, perdeu as estribeiras: ameaças ecoaram pelas águas plácidas. Finalmente, ele berrou:

— Vocês me esperem, assim que estiver de volta acabo com a raça de vocês!

— Completamente pirado — concluíram.

Ele ficou cada vez mais irritado, socando o capô de metal. As pancadas ecoavam pelo lago até a margem, fazendo os pássaros voarem e se juntarem nos juncos.

Indiferentes, os serradores gradualmente montaram uma espécie de jangada: juntaram troncos com uma corda e cortaram um mastro. Depois, porém, retiraram-se para a margem do lago e se deitaram. Ninguém estava com ânimo de partir ao resgate do motorista pirado.

Ele ainda estava berrando do capô de seu trator:

— Me aguardem! O primeiro que eu botar as mãos, vou esmagar no pântano!

Eles pensaram no que fazer. Ir remando, em uma jangada feita às pressas, e pegar um doido quase homicida um tanto pesado há vários dias sem dormir não era nada atraente para ninguém. Tirariam o homem do trator pela manhã, decidiram: até lá, talvez o motorista se acalmasse um pouco.

Durante toda a noite o motorista esperneou. Berrava e berrava, embora ninguém respondesse, até que sua voz ficou rouca. Chutou os faróis do trator transformando-os em pedacinhos. Entortou e arrancou o escapamento e jogou o pesado objeto de metal para margem, sem sucesso. Somente a altas horas da noite ele se cansou; com a chegada da madrugada dormiu por algumas horas de bruços no capô.

No café da manhã, as pessoas começaram a acordar e os sons acordaram também o homem. Ele recomeçou a rosnar, escorregou da própria máquina e despencou na água.

Aquilo animou as coisas. O homem se debatia, perto de sua máquina, gritando de terror. Os outros deslizaram a jangada para a água. Vatanen e um serrador remaram freneticamente

mente em direção ao trator. O motorista tentava inutilmente se segurar para subir no motor, mas suas mãos escorregavam no metal molhado e, cada vez que caía, afundava e enchia mais os pulmões de água. Seus esforços se tornaram cada vez mais fracos e finalmente ele afundou completamente, boiando de rosto para baixo, apenas a espinha exposta através da camisa molhada.

Vatanen conseguiu guiar a jangada para o local exato, e os dois homens puxaram o motorista para cima e viraram seu corpo mole de lado. Vatanen levantou a cintura do homem, deixando a água e a lama correrem da sua boca. O serrador começou a remar de volta para a margem; Vatanen se ajoelhou e começou a fazer respiração boca a boca, enquanto, simultaneamente, pressionava o peito do homem.

O motorista foi levado até a margem, onde Vatanen continuou o procedimento.

Talvez cinco minutos tenham se passado até que o afogado demonstrasse quaisquer sinais de ressuscitação. Seu corpo enrijeceu, suas mãos começaram a tremer e finalmente Vatanen ouviu os seus dentes batendo. Ficou feliz por sua língua não ter ficado presa entre os dentes do outro.

Assim que o motorista recobrou a consciência, agarrou Vatanen e o atacou: por um momento, o jornalista teve que lutar com ele sozinho, até os outros perceberem que tinham que ajudar. Com o auxílio de vários homens, o motorista foi finalmente forçado a se render e amarrado em um toco de árvore junto à margem. Lá foi deixado, sentado com as costas contra o toco.

— Um caso difícil — disseram.

— Se vocês não me soltarem, arranco esse toco comigo! — ameaçou o homem, mas não tentou fazê-lo. Ao contrário, ficou resmungando baixinho: — Caralho! Deixam um homem que não sabe nadar lá, a noite toda, no meio do lago. Essa porra vai virar caso de polícia.

Soldados vieram pegá-lo e ele foi levado para a floresta em uma maca, na qual teve que ser amarrado.

Um lamento terrível veio da floresta, morrendo apenas muito mais tarde, quando a maca estava a vários quilômetros de distância.

## 9.
## No Pântano

Mais uma manhã nasceu. Vatanen foi acordado pela barulheira de carros: três Land Rovers abriram caminho pela floresta e chegaram no lago. Entre os homens dentro dos carros estavam os dois delegados, Hannikainen e Savolainen. Hannikainen tinha uma mochila nas costas: uma cabeça de lebre saía de debaixo da aba.

Vatanen correu até eles, agarrou a mochila, desamarrou a corda e abraçou a lebre. Que felicidade reencontrá-la!

A lebre cheirou o dono com entusiasmo. Quando ele a colocou no chão, ela correu com alegria em volta das suas pernas, como um cachorrinho.

Savolainen assumiu o comando à beira do lago; suas ordens supervisionavam a evacuação do pessoal e dos animais. O outro estava lá apenas por curiosidade; o tempo provavelmente se arrastava um pouco, com seus amigos ocupados com o incêndio.

— Pesquei tanto que tive que ir vendendo pelos vilarejos. Levei a lebre comigo. Deixei minha pesquisa por um tempo — completou.

Levando Vatanen para o lado, sussurrou:

— Fiz mais alguns cálculos, no entanto. Eles mostram que o presidente Kekkonen, o novo, quero dizer, ainda estará no poder em 1995. Segundo minha análise, "O Novo Kekkonen" terá então cerca de 75 anos, enquanto o antigo teria 90. Temo que isso causará muita especulação desagradável no exterior, pois eles não sabem o que está acontecendo na realidade. Teoricamente, é perfeitamente possível que Kekkonen ainda esteja governando o país até depois do ano 2000. Ele teria apenas 85 anos. Na minha opinião, porém, ele não ousará concorrer à presidência no próximo milênio.

Barracas foram montadas às margens do lago, canecos de sopa foram aquecidos e cobertores foram distribuídos. Um grande guincho foi descarregado do porta-malas do Land Rover e montado. Seu propósito era puxar o trator.

Uma vez que não recebera nenhuma outra tarefa, Vatanen foi até a campina ajudar uma jovem com a ordenha. A mulher já havia ordenhado três baldes cheios e ele a ajudou a carregá-los até uma fonte de água para resfria-los. A lebre o seguiu saltando. A mulher, Irja Lankinen, apaixonou-se imediatamente pelo animal.

— Ah, que gracinha!

— Quer levá-lo para dormir com você?

Irja queria.

— Você pode, se quiser, desde que me leve também. Topa?

À noite, os três — Vatanen, Irja Lankinen e a lebre — se recolheram em um celeiro na campina. O jornalista levara alguns cobertores, Irja, um pouco de sopa das barracas. Ela fez as camas junto à parede do fundo e ele fechou a porta do celeiro, o sol se pôs e então se ouviu uma voz:

— Pare. Ela está olhando.

A porta do celeiro abriu violentamente e a lebre saiu voando: Vatanen a jogara na campina. A porta fechou e a lebre ficou no escuro, envergonhada. Meia hora depois, ele foi até a porta e se desculpou por tê-la jogado para fora. A lebre entrou, a porta fechou outra vez e tudo ficou silencioso. Até as aves estavam quietas no lago.

Pela manhã, Savolainen perguntou a Vatanen se ele se incomodaria de acompanhar Irja por cerca de treze quilômetros dentro da floresta até a estrada de Sonkajärvi. Ela arrebanhava algumas vacas para serem carregadas em caminhões de gado e levadas para os abrigos em Sonkajärvi. Vatanen ficou felicíssimo: nada seria melhor do que arrebanhar vacas com Irja. Com júbilo, despediu-se de Savolainen e Hannikainen, que disse:

— Se você um dia vier para os lados de Nilsiä, procure por mim. Provavelmente terei terminado minha pesquisa até lá.

Era um dia lindo. Eles cantaram enquanto andavam. O sol brilhava, não havia pressa. De vez em quando, deixavam as vacas passarem calmamente pelas valas e, ao meio-dia, os animais se deitaram por uma hora ou duas, ruminando. Enquanto isso, os vaqueiros foram nadar. Irja estava maravilhosa, afundando na lagoa da floresta com seus seios volumosos.

À tarde, uma grande vaca marrom começou a reclamar. Ela gemia baixinho, fechando seus olhos umedecidos e mostrando não ter vontade de acompanhar as demais. Ela sequer comera como as outras haviam comido, apenas bebia água. A vaca se afastava do rebanho, mugindo taciturnamente, e andava entre duas árvores, apoiando o flanco contra uma e se virando para olhar para Irja.

— Essa daí vai parir logo — disse Irja, ansiosa.

Para Vatanen, a vaca não parecia ter uma barriga mais redonda do que as outras, mas certamente Irja sabia do que estava falando.

— Se não chegarmos à estrada logo, ela terá o filhote aqui na floresta — disse Irja.

— E se eu for antes até Sonkajärvi e trouxer um veterinário?— perguntou ele.

— Besteira. Ela pode parir aqui. É uma vaca saudável, e você é forte o suficiente para carregar um bezerro.

Depois de um tempo, a vaca começou a bater a pata no chão e a arquear as costas, claramente em dor. Soltava mugidos intermitentes, sons que jamais se esperaria ouvir de uma vaca. Irja falou com ela, tentando acalmá-la; o animal respondeu mugindo mais baixo. Finalmente, deitou-se.

Depois de uma hora, a mulher disse:

— Está a caminho. Venha, ajude a puxar para fora.

O bezerro saiu lentamente, a vaca gemendo de forma agonizante; os dois precisaram puxar com força o filhote que, então, caiu no chão — o animal tinha ficado de pé antes de dar à luz. O bezerro, grudento de muco e já completamente em paz, começou a se lamber.

O jornalista cavou um buraco a cem metros de onde estavam e enterrou a placenta. Voltou para perto de Irja e do bezerro, que tentava ficar de pé insistentemente, caindo toda vez, ainda fraco demais. O filhote, porém, sabia chupar uma teta: ajoelhou-se debaixo da vaca e se banqueteou.

Era óbvio que o recém-nascido não poderia caminhar pela floresta até a estrada. Ele deveria ser morto? Certamente não. Irja e Vatanen combinaram que ela iria na frente, com as vacas, e ele carregaria o bezerro nos ombros, indo devagar com a mãe.

Ele tirou um cobertor da mochila, amarrou uma corda nos cantos e construiu uma espécie de sacola que poderia carregar nas costas. Enquanto Vatanen apertava o bezerro no cobertor-sacola, o animal mugia, em vão, de medo: ainda era incapaz de se mover com as próprias pernas. A vaca olhou calmamente enquanto o bezerro era colocado dentro do cobertor.

Vatanen puxou o filhote nas costas; os cascos tocando a sua nuca ritmicamente enquanto andava. A lebre estava um tanto desorientada, trotando nervosamente aos pés do jornalista, mas logo se acostumou com o lento avanço. Assim, ele seguia em frente pela floresta. A vaca caminhava pensativa e silenciosamente atrás dele, ocasionalmente lambendo a cabeça do bezerro; a lebre seguia o ritmo logo atrás.

Vatanen ficou surpreso com o fato do bezerro não ter ficado enjoado ao balançar no ritmo do seu passo. Estivera balançando por longos meses na barriga da mãe. Que viagem! Com o peso do filhote, o homem estava coberto de suor. Mosquitos também apareceram: entravam nas suas narinas e, com ambas as mãos segurando as cordas e a mochila balançando na sua barriga, ele não conseguia afastá-los.

— Animais amáveis podem ser uma carga pesada — resmungou para si mesmo enquanto um graveto de pinheiro arranhava seu rosto.

Mas a carga ainda não estava cheia.

Ele tomou um atalho por um pântano.

— Não vou dar a volta naquilo — decidiu. — Aumentaria pelo menos um quilômetro.

Testou o pântano: parecia aguentá-lo. A vaca hesitou: deveria segui-lo? Quando ele se virou e mandou que o seguisse, ela tomou coragem. Seus cascos, de fato, afundaram um pouco, mas ele calculou que, em um verão seco como aquele, um pântano de musgo suportaria uma única vaca; além disso, o gado dessas fazendas afastadas era capaz de lidar com esses tipos de atalho.

Porém, mais para o centro, o pântano se tornou mais pegajoso. O atoleiro começou a ceder debaixo da vaca: ela teria que sair trotando para não afundar no lodo. Não havia como avançar, então o grupo teve que tomar um desvio pelas beiradas de musgo. Nos pontos lamacentos, o próprio Vatanen teve que passar a um semitrote, e, na metade do caminho, suas botas ficaram presas na lama. Puxou furiosamente a perna, mas a bota continuou presa e, em seguida, a outra se prendeu também. Com um esforço desajeitado, conseguiu saltar, descalço, para uma porção seca.

De trás dele veio um mugido. Ele se virou com ansiedade para olhar. A pesada vaca estivera seguindo seus passos atleticamente, mas agora não conseguia mais acompanhar. Afundara até a barriga no pântano: estava imóvel, mugindo por ajuda.

Vatanen deixou o bezerro em um montículo de musgo e correu para a ajudar. Tentou puxá-la pelos chifres para uma área mais seca, mas nenhum homem é forte o bastante para puxar, sozinho, uma vaca para fora de um atoleiro.

Ele tinha que se mover rápido. Tirando um machado da mochila, correu cerca de cinquenta metros até algumas pequenas árvores mortas que saíam do pântano. Cortando várias delas, tirou os galhos afiados e correu para a vaca, que afundara um pouco mais.

Enfiou as hastes que fizera debaixo da barriga da vaca. O animal parecia entender que a intenção era boa: não se debatia, apesar dos troncos finos provavelmente terem sido dolorosos. Ela parou de afundar. Ele tentou puxá-la mais para cima, mas com muito pouco sucesso. Ela estava cheia de lama preta. A lebre olhava confusa para o que acontecia.

— *Você* poderia fazer alguma coisa! — disparou Vatanen, enquanto puxava a vaca. A lebre, com o cérebro que tinha e impotente como era, não ajudou.

Ele parou e foi acalmar o bezerro, que estava no montículo. Desamarrou as cordas do cobertor, amarrou uma na outra e então voltou para amarrá-las em volta dos ombros da vaca. A papada dela estava afundada na lama e logo ele estava coberto da cabeça aos pés de lama preta.

A corda alcançou o toco de uma velha árvore a cinco metros de distância, e ali Vatanen a amarrou firmemente.

— Se você afundar agora, o toco vai com você — disse ele para a vaca.

Ancorado ao toco de árvore, o animal ouvia calmamente as palavras: não soltou um único mugido quando viu Vatanen trabalhando nas proximidades.

O homem fez um torniquete separando os fios de corda e enfiando um pau no espaço. Depois, começou a girar. Logo a corda tencionou e as pernas da vaca começaram a sair lentamente da lama. O animal fez o que pôde para cooperar. De vez em quando, Vatanen afrouxava o torniquete para levantar o seu traseiro, tomando cuidado para não ferir as tetas. A vaca se movia gradualmente em direção ao toco.

Girando e girando, ele a levou em direção à árvore, e voltou tanto para levantar o animal quanto para acalmá-lo.

Com todo esse esforço, o tempo passou tão rápido que já era noite antes que ele pudesse notar. Estava exausto, mas não podia deixar a vaca no pântano a noite toda.

— Não é brincadeira pastorear!

À meia-noite, Vatanen conseguira colocar a vaca em uma posição boa o bastante para que conseguisse por conta própria sair do pântano. O animal juntou suas últimas forças, deu uma arrancada para fora da lama e, ao encontrar terra firme sob seus pés, deitou-se imediatamente. O jornalista guiou o bezerro para sua mãe e caiu no sono no montículo. Em meio ao frio da madrugada, ele se moveu para dormir encostado nos flancos da vaca; tão quente quanto ao lado de uma lareira.

O sol matinal nasceu sobre o grupo coberto de lama preta. Uma vaca suja, um homem sujo, um bezerro sujo e uma lebre suja acordaram. A vaca cagou, o bezerro mamou e o homem fumou um cigarro. Depois, partiram, ele carregando o bezerro para a beira do pântano. A vaca o seguindo com mais cuidado do que antes e, quando chegou do outro lado, ela se virou para olhar o atoleiro e mugiu furiosamente para ele.

No próximo lago na floresta, Vatanen lavou a vaca, depois o bezerro e, em seguida, as próprias roupas. Não tinha botas: ficaram lá atrás, na lama. No fim de tudo, lavou a lebre, que ficou revoltada por bastante tempo por causa da demora.

Quando Vatanen e o grupo de animais alcançaram a estrada de Sonkajärvi, um caminhão de gado vazio o aguardava com alguns homens cansados que o haviam procurado inutilmente a noite toda. O resto do gado fora levado na noite anterior. Irja, que estava preocupada, fora com eles. Vatanen também foi levado para Sonkajärvi no caminhão de gado e logo estava na rua principal do vilarejo, vestindo suas roupas ainda sujas e manchadas de lama, descalço e com uma lebre nos braços.

## 10.
## Na Igreja

Vatanen passou a noite em uma pensão. Ele dormiu mal em uma cama boa, pois agora estava acostumado à vida ao ar livre. Pela manhã, foi comprar botas novas, um pulôver, roupas de baixo, calças, tudo. Jogou as roupas velhas e sujas na lata de lixo.

Era uma manhã quente e ensolarada, um sábado, além de tudo. Deu um passeio pelas ruas do vilarejo e, na busca por um bom lugar para a lebre pastar, encontrou um cemitério.

Os arranjos de flores sobre os túmulos eram bem do gosto da lebre. Ela se deliciou particularmente no azevém sobre os túmulos recentes da primavera.

A porta da igreja estava aberta. Vatanen chamou a lebre para longe dos túmulos e a levou para dentro. Que frescor e paz maravilhosos! Embora houvesse rompido com a Igreja havia muito tempo, não deixara de sentir prazer com o silêncio do enorme espaço.

A lebre saltitou pelo corredor central até o presbitério, soltou algumas caquinhas inocentes em frente ao altar e então começou a estudar a igreja mais sistematicamente. O homem se sentou em um banco, observando a pintura do altar e a arquitetura da nave. Havia lugares para cerca de seiscentas pessoas lá, estimou. A nave tinha dois níveis: ambas as paredes laterais eram inteiramente cobertas por galerias que se juntavam no fundo debaixo da sacada do órgão. Escadas de madeira levavam às galerias de cada lado do altar. Uma luz envolvente das janelas altas e estreitas evocava uma atmosfera etérea e calma.

Vatanen recolheu as caquinhas de lebre do altar e as colocou no seu bolso. Escolheu o caminho por um corredor lateral até um banco enfiado nos fundos, tirou as lustrosas botas novas, esticou-se no banco, colocou a mochila debaixo da cabeça e se preparou para uma soneca. Aquele era um lugar muito mais agradável para dormir do que a pensão. O olho podia viajar nos espaços cristãos no teto alto e as colunas de pinheiro adornadas com versos eram um bom contraste em relação aos desenhos ensebados do papel de parede descascado da pensão. A lebre passeava silenciosamente perto da porta da sacristia, atrás do altar. Pode ficar, pensou Vatanen, e adormeceu.

Enquanto dormia, um homem idoso entrou na igreja: o vigário viera fazer as tarefas eclesiásticas. Usava a veste ministerial, uma batina preta com abas brancas do colarinho clerical no pescoço. Andou rapidamente pelo altar até a sacristia sem notar a lebre perto da porta. Ela olhava perplexamente para a aparição do homem de batina preta.

Logo voltou da sacristia, abraçando uma coleção de velas longas e uma bola de papel, provavelmente papéis usados para embrulhar velas. Subiu os degraus até o altar, tirou as velas derretidas dos candelabros e as substituiu. Levou os tocos de vela de volta à sacristia e, no meio-tempo, jogou fora a bola de papel.

O vigário acendeu as velas e voltou ao corredor central para admirar o resultado. Deu um tapinha no próprio bolso, por cima da batina, tocando uma caixa de fósforos. Tirou um cigarro e o acendeu, soprando a fumaça para longe do altar a cada tragada. Quando o cigarro chegou ao fim, apagou-o no batente de pedra de uma janela, soprou as cinzas no chão, colocou a bituca na caixa de fósforos e a enfiou em seu bolso. Finalmente, esfregou as mãos na barra da batina, como se limpasse o pecado do fumo.

Entrou de novo na sacristia. E, quando voltou, segurava várias folhas de papel, provavelmente sermões.

Somente então notou a lebre, que o seguira desengonçadamente até o altar; o animal tivera coragem de fazer novamente cocô em um lugar sagrado e agora cheirava os arranjos de flores dos degraus.

O vigário, chocado, deixou as folhas de papel escorregarem das suas mãos e deslizarem para o chão.

— Deus nos ajude!

A lebre desceu saltitando os degraus do altar e desapareceu no corredor lateral.

Vatanen acordou. Levantou-se da posição em que dormia e viu a lebre correndo para o fundo da igreja e o pastor em choque limpando o suor da testa.

Afundou atrás do banco, acompanhando o que acontecia sem que fosse visto.

O vigário idoso se recuperou bastante rápido. Esgueirou-se cuidadosamente pelo corredor lateral e viu, na outra ponta, a lebre se sentando nas pernas traseiras: uma criatura encantadora em uma pose graciosa.

— Psi, psi, psi, psi, psi! — chamou, mas a lebre não confiou no convite: o vigário estava tão agitado que ela sentiu o cheiro do perigo.

Ele fez um movimento mais rápido do que parecia possível para um idoso e tentou encurralar a lebre debaixo da batina. Sem sorte: ela era mais rápida.

— É muito rápida, mas tenho que pegá-la.

A lebre deu a volta pelo outro lado da igreja e foi até o altar. O vigário foi pelo corredor principal, ligeiramente sem ar. Quando alcançou uma distância crítica, a lebre correu pela escadaria até a galeria. Ele não seguiu imediatamente: coletou os papéis do chão, arrumou-os no corrimão do altar e então notou as caquinhas.

Desanimado, pegou-as e as jogou no púlpito, uma a uma, sem errar uma única vez. Descansou por um momento e depois subiu atrapalhadamente as escadas até a galeria. As pesadas vigas estalaram debaixo dos seus pés enquanto ele caminhava forçosamente para o fundo. De repente, saiu correndo como um raio: vira a lebre, mas ela sumira de novo. O vigário gritou:

— Não se preocupe, eu o pegarei, no fim. Você pode ser um animal selvagem, mas... psi, psi, psi!

A lebre, assustada, correu para a galeria oposta, desceu as escadas e se escondeu na porta da sacristia, atrás do altar.

O velho clérigo correu pela mesma rota e veio descendo pesadamente as escadas. Totalmente ofegante, não viu a lebre agachada na passagem da sacristia.

Olhou rapidamente para seu relógio, foi até a porta da igreja, bateu-a e a trancou. Feito isso, foi resolutamente para o corredor principal como um caçador à espreita. Então, viu a lebre.

— Agora você está encurralada, sua diabinha! — disse, passando por Vatanen. Fingindo calma, beirou o altar a um ou dois metros da lebre, que acreditava não ser vista.

Então o vigário deu um tremendo salto até a porta da sacristia: com os braços abertos, encurralou-a debaixo de si. Ela soltou um gemido agudo doloroso similar ao de um bebê, depois conseguiu se livrar dos braços do velho e correu cegamente pelo corredor central em direção à porta da igreja.

— Ah, meu Deus!

O vigário estava deitado de bruços na porta da sacristia, com um tufo de pelo na mão.

Antes que pudesse chegar até o vigário, ele estava de pé e fora da igreja; pela janela, Vatanen o viu subir em uma bicicleta e pedalar freneticamente em direção à residência paroquial. Logo ele estava pedalando furiosamente, subindo o morro até a igreja. Vatanen mal teve tempo de se esconder no banco antes do vigário entrar correndo pela porta.

Ele foi apressadamente para o corredor central. Lá, parou e puxou uma pistola Mauser da sua batina. Checou o carregador e soltou o mecanismo de segurança. Seus olhos brilharam na penumbra da igreja, procurando pelo animal.

Ele estava agachado perto do altar. Avistando-o, o vigário levantou a pistola e atirou. A lebre saltou de terror enquanto um cheiro de pólvora pairou sobre o corredor central. As balas assobiaram através do ar eclesiástico enquanto Vatanen se abaixava atrás do seu banco como um freguês de um bar do Velho Oeste.

O vigário fez dois circuitos na igreja, atirando na lebre em ambos. Correu novamente pela ala central e parou em choque para olhar para a pintura do altar: uma bala rasgara a tela. Era uma pintura de Redentor na Cruz e a bala atravessara o joelho de Cristo.

A Mauser disparou mais uma vez — desta vez apontada para baixo, provavelmente por acidente. O vigário gemeu e levantou a perna direita. A arma fumegante escorregou da sua mão e ele começou a chorar. Vatanen correu até ele e pegou a arma do chão.

O tiro furara o centro do sapato de couro legítimo. Sangue preto pingava da sola. Havia um buraco no chão da igreja no ponto onde seu pé estava.

— Sou o Vigário Laamanen — resmungou, equilibrando-se em um pé e esticando a mão para Vatanen, que a apertou, tomando cuidado para não derrubá-lo.

— Vatanen.

Laamanen foi pulando em um pé só até a sacristia. A cada pulo, sangue pingava para o chão. Vatanen o limpou com um lenço; o sangue, ainda molhado, saiu com facilidade.

— Eu me descontrolei vendo a lebre. Tenho esta arma desde 1917. Estive na infantaria, sabe, fui tenente. O que deu em mim? Uma bala perdida acertou a pintura no altar! Como Deus pode um dia me perdoar se atirei no joelho do seu único filho, aqui em sua própria casa?

Chorou. O próprio Vatanen estava se sentindo mal, e disse que iria ao presbitério chamar uma ambulância.

— Não, não! Seja um bom homem e se livre deste cheiro de pólvora. A filha do escriturário da cidade estará aqui a qualquer instante para se casar. Vamos apenas colocar uma bandagem. Tenho que realizar este casamento primeiro. Você também poderia fazer o imenso favor de recolher os cartuchos de balas que vir pelos corredores. Chute-os para os cantos.

Vatanen saiu abrindo as janelas da igreja. O cheiro sumiu lentamente, indo para os montes. Encontrou alguns cartuchos e os colocou nos bolsos. Na sacristia, rasgou uma pequena toalha em faixas e colocou uma bandagem temporária no pé de Laamanen. Os sapatos do vigário tinham palmilhas; Vatanen as trocou, colocando a ensanguentada com o furo no sapato bom e a inteira no sapato estragado: desta forma, os sapatos estavam quase reformados. De qualquer maneira, por enquanto, a palmilha ajudaria a fazer o sangue parar de pingar da bandagem para o chão.

Vozes já vinham da igreja. A noiva e o noivo chegaram com suas famílias. O vigário, mancando, foi até a porta da sacristia. Vatanen a abriu e levou Laamanen até o altar. Dentro da igreja, andou com passos firmes, como se não houvesse nada de errado com o seu pé.

Vatanen se acomodou para assistir ao casamento no fundo da igreja; onde encontrou a lebre passeando. Ela pulou no colo dele e ficou lá durante toda a cerimônia.

Laamanen casou o par com habilidade de quem tem prática. Depois da cerimônia, fez um pequeno discurso. Seus olhos estavam molhados, e muitas mulheres, interpretando as lágrimas da sua própria maneira, começaram a chorar. Havia uma atmosfera comovente de total devoção. Os homens pigarrearam atrás de suas mãos o mais discretamente possível.

— Foi o próprio Deus que criou a instituição do casamento, e nossos amigos recém-casados aqui, como outros, devem se lembrar disso. Vejam, o que Deus, em sua grande misericórdia, ordenou é sagrado e não seria bom profaná-lo. Porém, o casamento é cheio de perigos à espreita e um desses terríveis perigos é o ciúme. O ciúme ataca como um leão faminto, trazendo uma mente infeliz. Hoje vocês dois, meus queridos amigos, sentem um profundo sentimento de pertencer um ao outro e de amor mútuo. Porém, chegará uma época e um dia quando alguma outra pessoa poderá parecer ainda mais querida. Se isso acontecer, quero que se lembrem destas palavras da Bíblia: "Todavia o que importa? O importante é que, de qualquer forma, seja por motivos escusos ou nobres, Cristo está sendo proclamado, e por isso me alegro. Em verdade, sempre me alegrarei!" Cito da Epístola de Paulo o Apóstolos dos Filipenses, Capítulo I, verso 18 e essas palavras devotas passo para vocês como guardiãs do seu casamento. Em uma época de necessidade, leve-as, leia-as! Então a garoa do amor enganoso passará e suas almas encontrarão a paz. Espero que ambos tenham um belo casamento.

Laamanen deu ao casal uma cópia da Bíblia de capa branca e apertou suas mãos. Ficou firme apoiado nos dois pés até a congregação ter se dispersado e a porta finalmente ter se fechado. Então, levantou cuidadosamente o pé. O chão da igreja estava marcado com uma grande pegada de sangue.

Vatanen correu para o presbitério para ligar pedindo um táxi de Kuopio. Laamanen esperava deitado em um banco, chorando silenciosamente.

— O que pode ser daquele casamento, já que eu, falando figurativamente, o celebrei com roupas manchadas de sangue. Meu querido Vatanen, jure por Deus todo-poderoso que jamais contará o que aconteceu nesta igreja hoje.

Ele deu sua palavra. Então o táxi chegou. Antes de sair mancando até ele, Laamanen se ajoelhou próximo à pintura do altar, juntou as mãos e rezou:

— Senhor Jesus, filho único de Deus, perdoe-me pelo que fiz contigo hoje. Mas em nome do Pai todo-poderoso, o que aconteceu foi um acidente!

Vatanen falou para o motorista ir rápido para o Hospital Geral de Kuopio. Laamanen mancou até o táxi, que logo desapareceu na estrada poeirenta.

O jornalista se deitou sobre o banco da igreja, a lebre adormeceu no chão, cansada. O silêncio, agora completo mais uma vez na nave, acalentou ambos em um sono profundo.

## 11.
## Vovô

No fim de julho, Vatanen arranjou um trabalho: podar e cortar a vegetação do reflorestamento nas montanhas arenosas ao redor de Kuhmo. Ele vivia em uma barraca com uma lebre cada vez mais leal e quase adulta.

Ele estava a mais ou menos cem quilômetros ao norte, um pouco acima da metade do mapa da Finlândia. Fazia o trabalho pesado sem nenhuma preocupação com o tempo; tornou-se mais duro e pensava cada vez menos na vida folgada que deixara na capital, a quase seiscentos quilômetros ao sul. Aqui não havia discussões políticas tediosas com partidários recém-convertidos nem peruas se exibindo para serem escolhidas e levadas. Na natureza inóspita da floresta, ele podia manter a obsessão pelo sexo fora da cabeça.

Qualquer um podia levar aquela vida, refletiu, desde que se tenha o bom senso de deixar o outro modo de viver para trás.

Vatanen limpara sem parar a vegetação rasteira por semanas. Terminara sua tarefa: as novas árvores privilegiadas haviam recebido espaço suficiente para crescer; era hora de ir para a cidade de Kuhmo para ser pago.

Por volta da meia-noite, chegou a um pequeno vilarejo às margens do Lago Lentua. Sua caminhada de dez quilômetros o cansara, e ele queria dormir em algum lugar, mas o vilarejo adormecera e Vatanen não estava com vontade de acordar ninguém em plena madrugada.

Então foi para um celeiro de madeira sem janelas no pátio de uma casa grande, jogou a mochila perto da parede e se acomodou para dormir no chão. Era muito agradável dormir no negrume: mosquitos não o incomodavam; pessoas que vivem na floresta achavam que dormir assim era um luxo. No entanto, a lebre estava inquieta, farejando o ar ao seu redor; o celeiro tinha um odor de peixe podre. Não colocaram sal o suficiente no tanque de carpas, concluiu o homem, e adormeceu, sem dar muita atenção para o cheiro adocicado.

Por volta das seis horas, acordou e se levantou com as pernas enrijecidas, esfregando os olhos em meio ao celeiro escuro, pensando que as pessoas da fazenda logo estariam acordando: ele poderia encontrar um pouco de café. A lebre estava deitada junto à parede, atrás da sua mochila. Estava muito agitada, como se não tivesse dormido a noite toda.

Vatanen foi até o centro do celeiro e tropeçou em algo que não notara na noite anterior. Tateando, sua mão encontrou um prendedor grosso grudado em uma prancha. Era uma mesa para aplainar, uma mesa de carpinteiro no meio do celeiro.

Deu a volta para o outro lado da mesa, tateando o tampo para achar o caminho no escuro. Sua mão encontrou um pano. Surpreso, agarrou o tampo da mesa para ver o que estava sobre ela.

Nada menos do que um ser humano parecia dormir debaixo do lençol. Deveria ser um sono muito pesado para não ter acordado quando Vatanen abriu a porta à noite.

— Acorde, amigo — disse Vatanen, sem nenhuma resposta.

O homem adormecido obviamente não ouvira: de qualquer forma, não mostrou sinal de despertar. Vatanen o tocou um pouco mais inquisitivamente: certamente era um homem dormindo sobre a mesa, debaixo de um pano, sem um travesseiro. Seus braços estavam esticados nas laterais do seu corpo, não usava botas e tinha um nariz grande. Ele chacoalhou gentilmente o homem; levantou-o até fazê-lo sentar e falou com ele. Depois, decidiu abrir a porta: a luz o acordaria. Indo em direção à porta, sentiu seu bolso ficar preso na manivela do torno: a mesa toda se inclinou e o homem adormecido rolou. Houve um som seco quando sua cabeça bateu no chão. Vatanen empurrou a porta do celeiro e a luz mostrou que um velho estava deitado inconsciente no chão.

O jornalista se desesperou:

— Ele bateu a cabeça!

Foi até o homem, procurou seu coração e, em pânico, não conseguiu saber se batia ou não. De qualquer forma, o homem claramente sofrera uma concussão com a queda. Consternado, ele levantou cuidadosamente o homem inconsciente e o carregou para o pátio. Lá, sob a luz forte da manhã, analisou seu rosto. Traços calmos e franzidos, olhos fechados. Um homem idoso como aquele podia facilmente morrer de uma queda da mesa. Era melhor agir rapidamente. O homem inconsciente estava atravessado em seu peito como algo em uma bandeja. Ele correu para o centro do pátio, em direção à casa de fazenda, mas, felizmente, naquele instante uma jovem apareceu nos degraus, carregando latas de leite.

No meio do pátio, com um velho inconsciente nos braços, Vatanen gritou que houvera um acidente.

— Posso explicar! Só arranje alguém que possa dar os primeiros socorros!

A leiteira também entrou em pânico. As latas caíram das mãos gorduchas, saíram batendo nos degraus e rolaram até o poço. Ela correu para dentro e Vatanen foi deixado no gramado, segurando o homem. A condição do homem com concussão parecia ter piorado ainda mais. Uma enxurrada de compaixão o inundou. Não quisera causar o acidente.

Pessoas com roupas de baixo surgiam à porta: o fazendeiro, sua esposa e a mesma jovem. Mas eles mesmos estavam chocados demais para correr e ajudar o jornalista a ressuscitar o homem.

— Você não tem um balanço, tem? — gritou Vatanen. — Isso pode ajudá-lo a respirar de novo.

Mas eles estavam em silêncio, ninguém se mexeu para ajudar. Finalmente, o fazendeiro disse:

— É o vovô. Leve-o de volta.

Ele estava confuso. "Leve-o de volta" ecoou por um momento em seus pensamentos. Olhou para o "vovô" deitado duro em seus braços. Uma pálpebra se abrira pela metade. Vatanen olhou para o olho.

Então percebeu. Estava segurando um homem morto já havia algum tempo. Um sentimento de asco o fez enfraquecer: o peso escorregou dos seus braços e caiu no gramado. O fazendeiro desceu os degraus correndo e pôs o cadáver nas costas. O morto oscilou um pouco, mas o fazendeiro segurou mais forte, levando-o de volta ao celeiro e o deitando sobre a mesa, por fim o cobrindo com o lençol. Então fechou a porta do celeiro e voltou para o pátio.

— Você profanou nosso vovô!

Ele mal ouviu, pois vomitava atrás do poço.

Explicações foram dadas.

Ficou claro que Vatanen pernoitara com o chefe da casa, que morrera na noite anterior. A casa estava em luto profundo, pois ele fora um grande homem. Um pedido de perdão pelo mal-entendido foi feito, mas, quando falaram do velho vovô, as mulheres choraram. Ele mesmo sentiu um nó na garganta. A lebre, cúmplice do delito, se sentou à distância.

Às dez horas, um rabecão apareceu no pátio e Vatanen ajudou o fazendeiro a transferir o cadáver para o veículo. Fecharam o olho que se abrira enquanto ele o segurava e o motorista apresentou um formulário, que o fazendeiro assinou.

Vatanen recebeu uma carona até Kuhmo no rabecão. Lá trás, o caixão parecia muito honroso debaixo da mortalha preta. O agente funerário papeava sem parar sobre a lebre e revelou que ele mesmo tinha uma pega domesticada em Kajaani.

— Ela tinha roubado um refletor da esposa do chefe de polícia, foi o que ouvi, bem no meio da cidade... A propósito, mudando de assunto, eu conhecia esse Heikkinen, o velho fazendeiro. Foi comunista, em seu tempo, mas nem ficou rico com isso. Vire comunista e você jamais ficará rico.

## 12.
## REI

Quando julho se tornou agosto, Vatanen chegou a Rovaniemi, no Círculo Ártico. O verão estava acabando e havia menos turistas que o normal.

Em Rovaniemi, no térreo do Restaurante Lapônia, ele encontrou um velho lenhador e triste bêbado chamado Rei. Em sua juventude, nos duros acampamentos daqueles tempos, Rei era conhecido na Lapônia como o rei das florestas. Isso foi encurtado para o apelido.

Ele resmungava sobre a vida: hoje em dia, não havia trabalho para ele nas florestas. Era velho demais e, ainda por cima, bêbado. Deveria estar investindo na aposentadoria, mas isso dificilmente manteria um espírito livre como ele na ativa. A vida era dura para um velho lenhador.

Vatanen refletia sobre como poderia ajudá-lo.

Conseguira um pequeno trabalho com a filial da Lapônia do Ministério de Rodovias e Rios. Sua tarefa era desmontar jangadas de toras no Rio Ounasjoki, ao norte do vilarejo de Meltaus.

Rei ficou animado e, assim, os homens foram para o rio trabalhar.

Uma vez lá, puxaram as jangadas para as margens com ganchos. Alugaram uma serra elétrica e começaram a desmontar as embarcações velhas e pesadas com alavancas de ferro e outras ferramentas. O trabalho foi bem no clima do início do outono. Viviam em uma barraca e cozinhavam numa fogueira. Rei resmungava sobre a vontade de beber, mas, exceto isso, estava contente com o trabalho de demolição.

As pessoas do vilarejo passavam pelo local de tempos em tempos. Elas estranharam, à sua maneira lenta, típica do norte, a lebre. Vatanen pedira aos fazendeiros que não deixassem os cachorros soltos e só raramente a lebre vinha correndo do vilarejo com um deles em seu encalço. Quando isso acontecia, ela corria para o acampamento e ou saltava nos braços de Vatanen ou entrava na barraca, e os cães tinham que correr, desapontados, de volta ao vilarejo.

Quando duas das jangadas haviam sido desmontadas e a madeira tinha sido empilhada, Vatanen pagou a Rei o salário de duas semanas. Rei fugiu imediatamente para Rovaniemi. Ficou fora durante três dias. Quando voltou, estava completamente bêbado e duro, do jeito que estava acostumado. A bebedeira continuou por mais uma noite e poderia ter terminado mal, pois Rei queria mostrar como era bom lenhador. Ele dançou sobre as toras flutuantes que cercavam a margem do rio, pisou em falso e despencou na água; estava prestes a se afogar, pois não sabia nadar. Vatanen puxou o veterano bêbado do rio gelado e o carregou até a barraca. Pela manhã, Rei acordou com uma ressaca mortal. Sentia-se injustiçado; abriu a boca para reclamar e percebeu que sua dentadura havia virado comida de peixe na noite anterior. A vida pode ser dura às vezes.

Um dia depois, Rei se reanimou. No entanto, não conseguia comer nada além de mingau e, consequentemente, estava morrendo de fome.

— Ensine-me a nadar — implorou.

Vatanen iniciou as aulas de natação na mesma noite.

— Tire toda a roupa — disse ao velho.

Quando ele estava nu, Vatanen fez com que se deitasse de bruços na água, segurando-se nas margens com as mãos.

Se, como dizem, é difícil ensinar truques novos a um cachorro velho, imagine o quanto mais difícil é ensinar um bêbado a nadar. O coitado do Rei fez tudo o que pode, mas o progresso era lento. Noite após noite, a rotina se repetia. Vatanen estava abismado com a persistência inabalável do homem.

Finalmente ocorreu um milagre: Rei aprendeu a nadar cachorrinho. A água o sustentava! Gritos de triunfo ecoaram pelas margens quando ele descobriu a nova habilidade. Ávido, ficava no rio até tarde, às vezes nadando longos trechos debaixo da água, deixando a corrente levá-lo, e depois subindo à superfície subitamente, fungando, a metros e metros das margens. A velha carcaça endurecida aguentava bem a água fria e a alegria irradiava do seu rosto enrugado.

— Amanhã é domingo; vou mergulhar para procurar aquela dentadura — decidiu.

Estava tão obcecado com o nado que nem ia para a sauna aos sábados à noite, preferindo ir se bagunçar no rio.

Rei conseguia prender a respiração por vários minutos debaixo da água. Isso ficou claro no dia seguinte, quando ele foi mergulhar no fundo do rio Ounasjoki, procurando pela dentadura. Uma multidão de moradores locais se juntou nas margens para observá-lo mergulhando; alguns deles tinham ido ver a lebre. Em geral, os dois demolidores eram considerados bastante estranhos e, sem dúvida, com razão: um deles andava com uma lebre domesticada e o outro passava o dia todo boiando no rio gelado. Um ônibus de turismo parou no local e cerca de quarenta alemães ficaram boquiabertos com o espetáculo. Alguém pegou uma câmera simples e filmou Rei. O guia explicou aos compatriotas que aquilo era um treinamento para a próxima competição de lenhadores da Lapônia.

À noite, Rei contou a Vatanen que não encontrara a dentadura, mas achara algo muito mais valioso.

— Mais ou menos no meio do rio, tem mais de dez metros de profundidade. Encontrei algo lá, pelo menos cem toneladas de material bélico. Vinte e poucas armas grandes, pelo menos um tanque, algumas caixas grandes, muita coisa. Era por isso que mergulhava tanto. Dê-me mil e vendo toda aquela tralha.

Uma descoberta esquisita feita por um homem esquisito. Vatanen tirou as roupas, escolheu um caminho pelas toras flutuantes até o rio e mergulhou fundo. A corrente estava muito forte e era difícil chegar ao local correto.

Rei não tinha inventado. Vatanen bateu o joelho em uma protuberância de aço, examinou o obstáculo de perto e concluiu que uma peça de artilharia de fato estava deitada no leito do rio. Incrível como não fora descoberta antes! O topo da arma estava coberto com madeira encharcada, derrubada havia décadas.

Vatanen deu a Rei seus mil marcos e o velho partiu na madrugada para Rovaniemi. Vatanen ficou para trás e começou a quebrar a última jangada sozinho.

Novamente, Rei se atrasou na cidade: dois dias, desta vez. Quando voltou, estava bêbado, mas feliz. Ainda tinha algum dinheiro e bebida: muitas garrafas de conhaque fino. Vangloriou-se ebriamente:

— Sou um cara que faz as coisas acontecerem. Amanhã de manhã você verá isso.

Dito isso, caiu duro. Vatanen não tinha ideia do que Rei havia aprontado.

Pela manhã, três caminhões enormes marcados como "transporte especial" entraram ruidosamente no acampamento. Rei evidentemente iniciara uma megaoperação.

Ignorando a ressaca, começou a trabalhar. Assumiu o comando, dando ordens a Vatanen e aos homens do caminhão para que colocassem um grande gancho entre dois pinheiros enormes à margem do rio. Tratava-se de uma maquinaria pesada com um poder de reboque de vinte toneladas. Eles a ancoraram nos enormes troncos de pinheiro com cabos grossos. Um gancho menor, montado na margem oposta, puxou o cabo de reboque do gancho grande para dentro do rio.

Rei mergulhou, guiando a extremidade pesada do cabo de reboque, e ficou fora de vista por bastante tempo. Então emergiu, fungando. Gritou:

— Icem!

O cabo de reboque se tencionou, os topos dos pinheiros oscilaram, mas a ancoragem do gancho se manteve. O cinturão de toras flutuantes das margens do rio afundou sob a pressão do cabo, que lentamente se enrolou em volta do eixo do gancho. Um minuto mais tarde, um poderoso morteiro enferrujado surgiu da água: um obuseiro de doze centímetros de diâmetro, feito na Alemanha. Rei foi jogando água para a margem com alegria e tomou um gole de conhaque.

— Para me aquecer — explicou.

A máquina de guerra foi colocada em um caminhão e amarrada a ele. Vatanen anotou seu peso, pois o guindaste vinha com uma balança.

Durante todo o dia, Rei nadou da margem ao meio do rio e fez seu trabalho incansavelmente. Onze peças de artilharia pesada foram içadas, um conjunto de armas antiaéreas, um tanque de 15 toneladas e muitas caixas de munição. Tudo deve ter sido da retirada alemã na guerra da Lapônia; era incrível que os finlandeses não soubessem de nada daquilo até então.

— Agora levem isso para a estação de trem de Kolari. Vocês encontrarão os vagões reservados em meu nome. Carreguem as coisas, e aqui está a papelada do frete.

Rei deu aos homens um monte de papéis.

— Assim que colocarem tudo isso nos vagões, voltem para buscar o resto, mesmo se for noite. Vocês receberão o dinheiro em uma semana. Eu assino as faturas.

Rei assinou pelos custos de transporte e os grandes caminhões saíram fazendo barulho. Vatanen ficou, de certa forma, embasbacado com o espetáculo — e não era o único. As pessoas de Meltaus ouviram sobre o novo papel do Rei e estavam atônitas com as transações.

No dia seguinte, os últimos materiais bélicos foram içados do rio e, no início da tarde, os veículos fizeram a última viagem de Meltaus para Kolari. Rei disse que vendera o ferro-velho diretamente para as siderúrgicas em Koverhar, no litoral sul; agora tudo o que tinham que fazer era esperar até sexta-feira, quando o dinheiro seria enviado para o banco em Rovaniemi. Ovako, a firma, pagaria somente quando o material chegasse à fábrica.

Um repórter do jornal *Lapland News* apareceu, mas tarde demais. Com sagacidade jornalística, tentou conseguir algumas informações de Vatanen e Rei, sem sucesso. Rei ajudava Vatanen a quebrar a última jangada. O grande gancho fora levado e, quando o repórter perguntou se era verdade que cem canhões haviam sido encontrados no rio, Rei riu:

— Cem canhões! Você deve ser louco. Este é um depósito de jangadas, não um arsenal.

Na sexta-feira, o trabalho nas jangadas foi encerrado e os dois foram até Rovaniemi. Vatanen foi pegar seu pagamento no escritório do Ministério de Rodovias e Rios, e Rei ficou impacientemente sentado na sala do andar abaixo do Restaurante Lapônia. Ficou calculando os lucros do negócio.

— Os gastos foram de 6.200 marcos, contando os seus mil. Ovako está pagando 17 centavos por quilo e havia 96.000 quilos, quase cem toneladas. Então faça as contas: o total deveria ser 16.320 marcos! Tire os gastos e fico com 10.120 marcos. É um bom dinheiro!

À tarde, o cheque chegou.

Rei estava tão feliz que chorou no banco.

— Não tenho uma quantia como esta desde 1964, quando passei três meses inteiros derrubando árvores em Kairijoki. Agora, este garoto pode ir... Deus sabe aonde... Até para Oulu!

E partiu.

Vatanen decidiu deixar a cidade, pois havia um item no jornal *Lapland News*: legalmente, os materiais bélicos que os alemães deixaram para trás pertenciam aos Aliados. Um major do Exército disse ter ficado "muito surpreso" ao ouvir que "particulares" haviam recuperado o material deixado no retiro da Lapônia e o vendido para seu próprio benefício.

O jornalista dobrou o jornal e o colocou de lado. Perguntou-se onde estaria Rei agora. Certamente teria comprado uma nova dentadura.

— Acho melhor partirmos também — disse à lebre, que estava sentada aos seus pés.

Então deixaram Rovaniemi para trás. Já era meados de agosto. Nevara um pouco pela manhã, mas a neve logo derretera.

## 13.
## O Corvo

Antes da neve se firmar, Vatanen tomou o ônibus para Posio, no sul da Lapônia.

Lá arranjou um serviço de desbaste florestal a oito quilômetros da estrada que cortava as áreas desertas de floresta ao norte do lago Simojärvi. O trabalho ficava entre os rios Kemijoki e Simojoki, em uma bacia hidrográfica desolada, mas que trazia dinheiro e, acima de tudo, era um lugar onde a lebre não precisava viver em uma área construída.

Vatanen montou acampamento em um arvoredo de pinheiros vermelhos, em uma ilhota pantanosa à beira de um grande atoleiro. Vivia em um bivaque de lona reforçado com uma cobertura de galhos de abeto. Duas vezes por semana ia ao lago Simojärvi comprar comida e cigarros, além de pegar emprestados alguns livros da biblioteca local. Passou várias semanas nos pântanos de Posio e leu muitos bons livros no período.

As condições eram bastante primitivas ali, perto do Círculo Polar Ártico.

O trabalho era pesado, mas ele gostava disso: sabia que ficava mais forte e não sofria com a ideia de que teria que fazer aquele serviço para o resto da sua vida.

Às vezes, quando a geada e a chuva com neve vinham junto com a luz falha da noite e ele se sentia muito cansado, pensava sobre a vida: como ela era diferente agora se comparada à primavera passada, àqueles dias antes do início do verão.

Totalmente diferente!

Falava em voz alta com a lebre e ela ouvia religiosamente, sem compreender nada. Vatanen cutucava o fogo em frente à barraca, observava o inverno chegar e, à noite, dormia com os ouvidos em alerta, como um animal selvagem.

Desde o início se deparou, naquele pântano deserto e coberto de neve, com um revés. Enquanto ainda arrumava seu acampamento simples entre as árvores secas da pequena ilha flutuante, o pássaro mais vil entre os pássaros na floresta também se instalava: um corvo.

Raquítico, ele voou, dando várias voltas pela ilhota com as asas encharcadas pela geada; depois, ao não notar nenhuma perturbação, acomodou-se em uma árvore próxima a Vatanen e se chacoalhou, tirando a neve como um cachorro reumático. Uma cena extremamente melancólica.

Ele observou o pássaro e sentiu uma compaixão profunda por ele. Tudo mostrava que a pobre ave de aparência desventurada não tinha passado por tempos felizes recentemente: parecia uma criatura realmente infeliz.

Na noite seguinte, ao voltar cansado da floresta, preparando-se para fazer o jantar, Vatanen teve uma surpresa. Sua mochila, aberta sobre os galhos do bivaque, fora saqueada e uma quantidade considerável de comida desaparecera: 250 gramas de manteiga, praticamente uma lata inteira de carne de porco e muitas fatias de pão de centeio. Obviamente a culpada era aquela miserável ave que suscitara sua pena no dia anterior. Ela claramente abrira a embalagem com seu bico duro, derramara o conteúdo em volta e depois saíra com uma parte para um esconderijo.

O corvo estava sentado no topo de um pinheiro alto, próximo ao bivaque. Um lado do pinheiro estava coberto de caca preta brilhante: ele estivera cagando de cima do seu galho.

A lebre estava bastante nervosa: estava claro que o corvo estivera a incomodando enquanto ele trabalhava.

Vatanen jogou uma pedra no corvo, mas errou e ela apenas raspou de lado, sem sequer abrir uma asa. O corvo mudou de árvore apenas quando ele correu até o pinheiro e começou a bater com um machado.

Se ao menos tivesse uma arma.

Abriu outra lata de carne, fritou-a em uma frigideira e comeu o resto com pão seco, sem manteiga. Enquanto comia a refeição reduzida, observava o corvo no seu galho e teve a impressão de ouvi-lo arrotando.

Uma fúria incontrolável o dominou e, antes de dormir, colocou a mochila debaixo da cabeça. A lebre foi saltando para trás da sua cabeça, abrigando-se próximo à lona úmida do bivaque para dormir.

Pela manhã, ele fechou cuidadosamente a entrada do bivaque com galhos, escondendo a mochila do lado de dentro depois de se assegurar que a corda estava bem puxada.

Quando voltou à noite, o acampamento havia sido saqueado outra vez. O corvo derrubara os galhos, arrastara a bolsa para fora do círculo queimado da fogueira, rasgara um dos bolsos e comera o queijo processado. O pássaro cortara a corda e devorara os conteúdos da lata de carne da noite anterior e, da mesma forma, o resto do pão. Tudo o que restava era uma embalagem de chá, um pouco de sal e açúcar e duas ou três latas fechadas de carne.

O jantar daquela noite foi ainda mais magro.

A pilhagem continuou durante vários dias. O corvo saqueou o conteúdo da mochila mesmo que Vatanen a tivesse coberto com pedaços grandes de tronco antes de sair para o trabalho: a ave sempre conseguia colocar o bico por entre as frestas e chegar à bolsa. Para ficar livre dos saques, a mochila teria que ser guardada em uma caixa de concreto.

O corvo ficou cada vez mais ousado, como se soubesse que o homem no bivaque não tinha como detê-lo. Não importava o quanto tentasse afastá-lo com gritos ferozes e pedras tão grandes quanto uma mão, o corvo continuava intocável e até parecia se divertir com a fúria impotente do jornalista.

O pássaro engordava rapidamente e mal se dava o trabalho de mudar de galho, mesmo durante o dia. Seu apetite insaciável forçou Vatanen a frequentar três vezes por semana a van que vendia alimentos no lago Simojärvi em vez de apenas duas. Calculou que o corvo estava lhe custando quase sessenta marcos por semana.

Isso durou duas semanas.

Impertinente e gordo, o pássaro ficava preguiçosamente em um galho a apenas alguns metros de Vatanen, inchado como uma ovelha desgrenhada e bem nutrida; sua plumagem anteriormente acinzentada escurecera e desenvolvera um brilho saudável.

Nesse ritmo, a limpeza da floresta deixaria a desejar. Pensou seriamente em maneiras de se livrar do pássaro e, quando a invasão completou duas semanas, ele chegou a um plano final.

O modo para fazer o corvo desistir do seu comportamento imoral seria excepcionalmente eficaz.

E cruel.

Vatanen fez mais uma viagem para buscar alimentos ao lago Simojärvi. A garota na van não podia deixar de olhar com desconfiança para o estranho cliente: além de aparecer três vezes por semana com uma lebre, comprava cada vez mais alimentos. Mas todos sabiam que estes eram apenas para si.

Rumores começaram a correr.

— Tem esse comilão incrível lá. Ele vem três vezes por semana, compra um monte de comida e só fica mais magro.

No dia seguinte à ideia, Vatanen abriu uma lata de um quilo de carne de um novo jeito: em vez de cortar pela beirada, cortou um buraco em formato de cruz no topo, formando quatro triângulos de lata afiados. Levantou cuidadosamente as pontas de forma que a lata de carne se parecesse com uma flor recém-aberta com quatro pétalas de metal. Escavou a carne do centro da corola com a ponta da faca, fritou-a e comeu com gosto. O corvo o observou com um ar desinteressado, claramente esperando pelo resto da lata, como sempre.

Após esbravejar os xingamentos usuais, Vatanen se empenhou em esconder a mochila debaixo das toras. Antes de fazer isso, entretanto, empurrou as pontas triangulares de volta para dentro da lata, de forma que a abertura formasse uma espécie de funil, como a entrada de uma armadilha de lagosta.

Assim que partiu para a floresta, o corvo voou até o fogo que morria e andou até a mochila escondida. A ave virou a cabeça para o lado por um segundo antes de começar energeticamente: colocava o bico entre as toras, rasgava as tiras da mochila, grasnava um ou outro comentário, empurrava as toras e logo puxava o saque. De vez em quando, levantava a grande cabeça preta e esticava o pescoço como se checasse que Vatanen não estava voltando.

Tendo puxado a mochila para fora, ele a arrastou um pouco mais longe até um local onde, durante as duas últimas semanas, costumava fazer os ataques. Lá, abriu a bolsa com uma torção experiente e atacou o conteúdo.

Vatanen observava da floresta a movimentação no acampamento.

O corvo tirou um pacote de pão da bolsa, engoliu vários pedaços, e então pegou o restante com o bico. Começou a correr e bateu as asas no ar. Parecia uma aeronave de transporte totalmente carregada prestes a decolar de uma pista curta em uma missão importante. As asas juntaram ar e ele saiu do chão. A lebre, aterrorizada, afastou-se em direção ao bivaque, vendo a aeronave pirata decolar.

O animal voou sobre a cabeça de Vatanen com a fatia inteira de pão no bico. Parecia uma pipa: o vento matinal vindo do vasto pântano tomou a fatia larga e o pássaro pesado precisou de toda a força para bater o ar e manter o curso em direção ao seu esconderijo.

Logo a ave estava de volta, e a lebre, que conseguira se alimentar um pouco na grama do pântano, escondeu-se. Vatanen observava com mais atenção.

O corvo tirou a lata de carne da mochila. Antes de examinar o conteúdo, esticou-se e olhou à sua volta para confirmar se estava seguro. Depois, enfiou a cabeça grande nas profundezas da lata.

Engoliu rápido a carne gordurosa várias vezes antes de decidir subir para respirar.

Mas sua cabeça não saía. A criatura estava entalada.

E logo entrou em pânico. Jogou-se para longe da mochila, tentando arrancar a cabeça da lata, mas a armadilha continuou teimosamente presa. Ela batia inutilmente as garras nas laterais escorregadias e as pontas de metal afiadas cortavam seu pescoço oleoso.

Vatanen correu para lá, mas era tarde demais. O saqueador negro saiu voando, fazendo muito barulho, a lata ainda presa em sua cabeça. Não conseguiu ver aonde ia, mas ganhara altura o suficiente para evitar que o homem acabasse com ele na hora.

A ave grasnou seu sofrimento dentro da lata. O pântano ecoava os sons metálicos, abafados e nefastos. Ela voava como um cisne negro mau indo direto para Hades. Havia um barulho dentro da lata e, por trás disso, o grasnado extenuado do animal.

Com todos os sensos de direção perdidos, incapaz de uma trajetória reta, fazia acrobacias aéreas. Logo perdeu altitude e bateu contra os topos de árvores mais altas à beira da floresta. A lata ecoou contra os galhos e o pássaro despencou no chão, apenas para voar novamente, sangrando, para novas alturas.

O jornalista o viu desaparecer pela floresta. Nada além de sons assustadores chegavam ao acampamento, contando a última viagem do pássaro ladrão.

A neve começou a cair e nem mais um som podia ser ouvido.

Vatanen pegou a mochila arrebentada, levou-a ao bivaque, abraçou a lebre e olhou para o horizonte, à beira da floresta. Havia mais sangue de corvo na lata do que carne, ele sabia, e era cruel o suficiente para rir alto do seu golpe.

Parecia que a lebre estava rindo também.

## 14.
## O Sacrifício

Na semana seguinte à morte do corvo, Vatanen deixou o pântano de Posio e foi até Sodankylä, cerca de 150 quilômetros ao norte do Círculo Polar Ártico. Enquanto passava alguns dias descansando em um hotel, encontrou o presidente da Associação de Donos de Renas de Sompio, que lhe ofereceu um trabalho que consistia em consertar um alojamento no Desfiladeiro de Läähkimä, na Reserva Natural de Sompio. Aquilo lhe caía bem.

Ele comprou um rifle com mira telescópica, esquis, ferramentas de carpinteiro e alimentos para várias semanas. Chamou um táxi e seguiu para o norte pela estrada de Tanhua, por dentro das terras selvagens da floresta. Na bifurcação de Värriö, encontrou um grupo de pastores de rena sentado em torno de uma fogueira à beira da estrada.

— Não consigo entender — disse um deles. — As lebres daqui estão brancas há semanas, mas aquela lá ainda está com a pelagem do verão.

— Pode ser europeia.

— De jeito nenhum, a lebre europeia é maior.

— É do sul — explicou Vatanen. O motorista de táxi o ajudou a tirar a bagagem. Nevava um pouco, mas ainda não o suficiente para esquiar.

Os pastores ofereceram café para o jornalista. A lebre farejou o odor de floresta dos homens com curiosidade, sem demonstrar medo.

— Se Kaartinen a vir, ele a sacrificará — avisou um dos pastores a Vatanen.

— Era professor, talvez também padre, quando morava no sul. Ele faz isso; sacrifica animais.

Esse Kaartinen, como foi revelado, ainda era bastante jovem, um instrutor de esqui em Vuotso. No fim do outono, fora de temporada, costumava esquiar no parque e viver no alojamento na Ravina de Vittumainen, próximo ao Desfiladeiro de Läähkimä.

Os pastores ainda estavam sentados junto ao fogo quando Vatanen colocou o equipamento pesado nos ombros, olhou o mapa e desapareceu dentro da floresta. A lebre o seguiu, saltitando alegremente.

O Desfiladeiro de Läähkimä ficava cerca de trinta quilômetros floresta adentro. Com a neve escassa, Vatanen teve que carregar seus esquis, que tendiam a se enroscar nos galhos, retardando o progresso.

A escuridão chegou logo; teria que pernoitar na floresta. Cortou um pinheiro, montou o bivaque e fez uma fogueira. Em seguida, cortou uma fatia de carne de rena e a colocou na frigideira. A lebre se acomodara para dormir e logo Vatanen se esticou também. Grandes flocos de neve flutuavam para dentro do fogo, desaparecendo nas chamas com um leve sibilo.

Vatanen passou todo o dia seguinte caminhando até chegar ao seu destino e poder dizer:

— Ah! O alojamento do Desfiladeiro de Läähkimä.

Encostou os esquis na parede e entrou, exausto. A cabana de madeira era um alojamento comum de pastores de renas, mas antigamente tinha servido de base para os homens reunirem os animais. No inverno anterior, uma motoneve trouxera tábuas, pregos, rolos de feltro para o telhado e um saco de cimento. O alojamento tinha dois cômodos; um lado estava quase em ruínas e mesmo a extremidade melhor tinha um chão apodrecido que precisaria ser trocado.

— Há bastante tempo para isso, se eu ficar até o Natal — disse Vatanen, falando consigo mesmo. Para a lebre, ele disse:

— É melhor você colocar a pelagem de inverno. Não estamos em Heinola agora, sabe. Um falcão vai pegar você com facilidade se mantiver o pelo marrom.

Levantou a lebre e examinou sua pelagem. Quando puxou os pelos, eles saíram com facilidade. Uma brancura limpa de inverno surgia por baixo. Bom, pensou Vatanen, e abaixou o amigo peludo.

Ele não tinha pressa nenhuma para começar o trabalho. Por vários dias andou pela vizinhança, admirando a paisagem e trazendo madeira para o fogo. À noite, sob a luz de uma luminária, planejava o conserto do alojamento.

Havia um monte arenoso nas proximidades e ele tirou da neve vários sacos de areia fina para assentar os tijolos. Com tábuas, construiu uma cuba para misturar argamassa.

A primeira coisa a ser arrumada era a lareira, que estava em pior estado: era importante aquecer a cabana, e a temperatura estava congelante quando começou a preparar a argamassa. A chaminé estava igualmente deteriorada: precisava de gesso, o que era difícil em temperaturas abaixo de zero: a argamassa congelava em vez de endurecer.

O tempo é abundante no meio do nada, e Vatanen decidiu usá-lo para fazer algo útil. Subiu no telhado e construiu, com seu bivaque, uma espécie de barraca em volta da chaminé. Em seguida, abriu um espaço em torno da chaminé, passando através tanto do telhado quanto do teto, para que o ar quente de dentro da cabana subisse para dentro da barraca. Colocou uma escada e carregou argamassa quente para a chaminé.

Enquanto a reparava, alguns pastores de rena esquiaram até a cabana. A neve já era grossa o suficiente para que esquiar fosse mais prático do que andar. Ficaram estupefatos com a parafernália esquisita sobre o telhado, e nenhum deles conseguiu entender de imediato por que uma barraca havia sido colocada lá. Se a curiosidade havia sido atiçada por tal geringonça, que soltava um pouco de vapor pelos orifícios, ficaram ainda mais estupefatos ao ver a porta da cabana se abrir e um homem sair carregando um balde pesado soltando vapor. Vatanen estava tão concentrado no seu trabalho que não notou os homens encostando suas varas de esqui no pátio de entrada. Ele subia a escada carregando o balde pesado, atravessando o telhado com dificuldade, parando para respirar de vez em quando.

Uma vez lá em cima, desapareceu dentro da cobertura de lona e ficou lá por pelo menos quinze minutos. Finalmente, saiu

de novo, bateu o balde contra a beirada do telhado para tirar os restos de argamassa e desceu. Os homens das renas disseram:
— Bom dia.

Tiraram os esquis e entraram. No meio da sala estavam a cuba de misturar argamassa de Vatanen, algumas tábuas e vários outros materiais de construção. Eles mostraram aos pastores que nada além de reparos na chaminé e na lareira estava acontecendo.

A lareira estava acesa e isso não interferia nos reparos, pois a argamassa secava melhor com o calor. Os pastores fizeram café no fogo. Estavam juntando as renas que restavam no lago e disseram: muitos rebanhos haviam se espalhado na floresta. Seu pasto ficara menor depois da construção do reservatório de Lokka. Isso bagunçara o sistema e tornava pastorear renas muito mais difícil do que antes.

Eles haviam saído da cabana na Ravina de Vittumainen. Kaartinen estava morando lá, disseram.

Os pastores passaram a noite com Vatanen. Depois que partiram, ele trabalhou duro no telhado por alguns dias, até que a chaminé ficou firme o suficiente para durar por décadas. Quando a argamassa secou, tirou a cabana da chaminé, varreu a neve do telhado e começou a pregar o feltro asfáltico em cima do material gasto. A geada em temperaturas negativas fazia o feltro ficar duro e difícil de ser manipulado sem ser quebrado. O homem teve que carregar água fervente para o telhado e jogá-la na camada de feltro, de pé, na beirada. A água quente amoleceu o asfalto e, trabalhando rápido, conseguiu espalhar o feltro, alisando-o e o pregando firmemente ao telhado.

Uma atividade notável: a água fervente vaporizava no ar congelante, envolvendo tudo e flutuando alto no céu claro.

A distancia, o local parecia uma usina movida a vapor ou um tipo antiquado de locomotiva que engolia água e soltava vapor. Vatanen parecia um engenheiro tentando fazer um motor enorme funcionar em condições congelantes. Os estrondos do seu martelo eram como os estouros de um motor sendo acionado, mas o alojamento não era uma máquina e não estava indo a lugar algum. Certa vez, enquanto esticava as costas e esperava as nuvens de vapor se dispersarem, seus olhos recaíram no declive do desfiladeiro lá embaixo. Pegadas iam em direção aos matagais emaranhados do lado distante do desfiladeiro. Algo estivera andando por ali.

Vatanen desceu do telhado, pegou seu rifle e subiu novamente. Agora o vapor se dispersara e ele podia ver claramente através do visor telescópico. Apertou a arma contra a bochecha e olhou fixamente para o declive do lado oposto, descansando o olho de vez em quando. Finalmente, quando seus olhos começaram a lacrimejar, abaixou a arma.

— Só pode ser um urso.

Entrou na cabana, acompanhado pela lebre, e começou a cozinhar. Refletiu: *Agora eu tenho um urso como vizinho.*

A lebre se movia nervosamente pela sala; sempre fazia isso quando notava que seu dono tinha algo sério em mente.

Ao nascer do sol, Vatanen foi esquiando pelo desfiladeiro para olhar as pegadas mais de perto. A lebre as farejou e começou a tremer de medo. Sem dúvida, um urso estivera lá; um urso grande. O jornalista seguiu as pegadas até um declive sem árvores e, mais adiante, em um arvoredo denso de pinheiros. Esquiou fazendo um círculo em volta do arvoredo, mas não viu nenhuma pegada saindo dele. O urso estava no arvoredo e agora Vatanen esquiara ao redor dele. Estava bastante claro que o urso fizera uma toca ali e dormia profundamente.

Vatanen entrou esquiando no arvoredo. A lebre não teve coragem de segui-lo, embora ele tivesse tentado convencê-la em voz baixa. Ela ficou no declive aberto, insegura.

O urso andara dentro do arvoredo, procurando, certamente, por uma toca adequada. Era difícil saber onde estava. Vatanen teve que entrar com os esquis entre as árvores. Então, viu que uma árvore havia sido derrubada pelo vento e que o urso se arrastara para debaixo dela. Pouca neve caíra sob a toca até aquele momento, e um pouco de vapor saía de debaixo do tronco. Era lá que ele estava deitado.

Vatanen virou os esquis silenciosamente e deslizou para fora do arvoredo até o declive, onde a lebre saltitou alegremente para recebê-lo.

De volta à cabana, percebeu que tinha um visitante: esquis caros estavam apoiados na parede. Lá dentro estava sentado um homem jovem, de aparência atlética, vestindo roupas de esquiar. Ele esticou a mão como saudação — de certa forma, um costume estranho na Lapônia. Era Kaartinen, de quem Vatanen ouvira falar tanto.

Ele estava hipnotizado pela lebre. Tentou passar a mão e dar tapinhas nela. Vatanen teve que pedir que parasse, pois a lebre não gostava de ser acariciada. Aparentemente estava intimidada pelo homem, embora normalmente, com o dono presente, não tivesse medo de visitantes.

O homem disse que estava montando uma trilha de esqui da cabana na Ravina de Vittumainen até o Desfiladeiro de Läähkimä. Tirou dois rolos de fita plástica do bolso interno da jaqueta de esqui; um vermelho, outro amarelo. Ia usá-las para demarcar uma trilha para turistas, já que um grupo de visitantes estava tirando umas férias no interior logo antes do Natal: um trabalho do Ministro das Relações Exteriores. Dezenas de convidados VIP estavam chegando, assim como a imprensa.

Kaartinen fez uma oferta pela lebre: primeiro, cinquenta marcos; depois, cem e, finalmente, duzentos. Vatanen certamente não iria vendê-la: estava quase irado diante da oferta do instrutor de esqui.

O homem passou a noite em Läähkimä. Os pensamentos de Vatanen estavam ocupados com o urso e ele levou um bom tempo para dormir. Quando adormeceu, foi um sono muito pesado.

Pela manhã, Vatanen acordou e percebeu que estava sozinho. Não havia sinal nem da lebre nem de Kaartinen. Os esquis também não estavam lá fora e não havia pegadas recentes de lebre.

*Como? Por quê?* Em fúria, Vatanen saltou sobre os esquis, seguindo a trilha deixada por Kaartinen, mas voltou quase imediatamente. Tirou a arma do gancho e começou de novo. Em sua cabeça passava o que os pastores haviam dito sobre os sacrifícios. Vatanen foi como um raio para a Ravina de Vittumainen.

Voando, arfando e bufando. Estava ensopado e soltando vapor, seus olhos ardiam com suor e uma fúria negra queimava em seu peito. Perto da ravina havia, de fato, uma hospedaria de interior bastante bonita, uma casa de madeira grande o suficiente para pelo menos cem pessoas.

Vatanen tirou os esquis os chutando, e abriu a porta com violência. Kaartinen estava sentado à mesa junto à janela, tomando café.

— Onde está a lebre?

Kaartinen se afastou até a parede, olhando fixamente para o jornalista, que segurava o rifle. Aterrorizado, Kaartinen gaguejou que não sabia nada sobre a lebre. Partira muito cedo: não tivera coragem de acordar o anfitrião, que dormia tão profundamente. Era só isso.

— Você está mentindo! Dê-me aquela lebre, e rápido!

Kaartinen fugiu para um canto.

— O que eu estaria fazendo com ela? — protestou.

— A lebre! — esbravejou Vatanen. Quando o homem ainda se recusava a admitir qualquer coisa, ele perdeu o controle completamente. Jogou a arma sobre a mesa, caminhou até Kaartinen, agarrou-o pela gola e o levantou contra a parede.

— Mate-me, se quiser, mas não te devolverei a lebre — disparou Kaartinen.

Vatanen ficou com tanta raiva que derrubou o homem, jogando-o no meio da sala, e lhe deu um barulhento soco no queixo. O instrutor de esqui azarado saiu voando por toda a extensão da cabana. Houve silêncio, quebrado apenas pela respiração ofegante de Vatanen.

Outro som foi ouvido. Um leve arranhar e batidas abafadas vinha pela saída de ar da cozinha. Vatanen correu para fora, entrou pela porta da cozinha e abriu uma das portas do armário. Uma lebre rolou no chão, as patas amarradas. A lebre!

Cortou as cordas e voltou à outra sala com ela nos braços. Kaartinen recobrava a consciência.

— O que significa isso? — exigiu Vatanen, ameaçadoramente.
Então Kaartinen contou a longa e muito bizarra história.

Ele crescera, começou, em uma atmosfera muito devota: os pais religiosos estavam determinados a criar o filho como um padre. Quando passou no vestibular, foi mandado para a faculdade de teologia na Universidade de Helsinque. Porém seus estudos não satisfizeram a sensibilidade do jovem: a doutrina luterana não o convenceu como deveria. Dúvidas o devoravam; ele não se sentia confortável com os estudos teológicos. Ficava alarmado de pensar que um dia, estando ele mesmo acometido por ceticismo, teria que pregar a palavra de Deus para os fiéis. Assim, sem dar a mínima para os sentimentos religiosos dos pais, deixou seus estudos e se matriculou na Faculdade de Educação de Kemijärvi. Lá se envolveu também com o luteranismo, mas a presença de Jesus não era tão avassaladora. Formou-se como professor de escola primária.

Enquanto ainda estava na faculdade de educação, confuso diante de diferentes visões de mundo, começou a buscar a própria identidade na literatura. Era fascinado pelo tolstoísmo, mas o charme se apagou com o tempo. Voltou-se para as religiões orientais, particularmente o budismo, cujo estudo o afetou profundamente. Estava inclusive planejando uma viagem para a Ásia, para visitar os centros de fé, mas seus pais, que certamente não apoiariam estudos pagãos, recusaram-se a custear a viagem. Assim, devido às circunstâncias, as tendências orientais de Kaartinen diminuíram gradualmente.

No seu primeiro e único emprego como professor, ele se interessou pelo anarquismo. Encomendou obras francesas anarquistas para a biblioteca escolar de Liminka e, com a ajuda de um dicionário, leu todas elas avidamente. Colocou suas ideias em prática o suficiente para que as autoridades escolares o destituíssem das suas funções no fim da primavera. No verão seguinte, já não mais professor, desistiu da ideologia anarquista desastrosa e mergulhou com entusiasmo na cultura antiga finlandesa, em suas próprias raízes. Percorreu dezenas de obras inspiradas pelo ideal exaltado de promover a essência de ser finlandês. Aquele verão de estudos o levou, com a chegada do outono, a uma visão profunda da pré-história do seu povo. Quanto mais mergulhava no mundo de pensamentos de seus ancestrais, mais convencido ficava de que finalmente encontrara o que febrilmente procurara por todos aqueles anos: a fé dos seus ancestrais, a religião do verdadeiro finlandês.

Há anos ele praticava sua fé. Em êxtase, a expôs para Vatanen. Falou sobre os espíritos da floresta e os da terra, sobre o deus do trovão, os ídolos de pedra, os primais xamãs videntes da floresta, e, por fim, sobre encantamentos e oferendas sacrificiais. Apresentou-os a Vatanen e revelou que ele mesmo adotara as práticas milenares dos seus ancestrais. Desde que se tornara instrutor de esqui no norte, Kaartinen enriquecera suas ideias religiosas com noções lapãs e, quando sozinho na natureza, celebrava todos esses ritos. A vida urbana torna impossível a prática da religião, explicou ele.

Próximo às cabeceiras da Ravina de Vittumainen, à beira de um pequeno lago, esculpira seu próprio deus-peixe usando uma serra elétrica. Um ídolo de pedra, lembrando aqueles dos lapões. Fora das temporadas de turistas, ele o adorava. No centro do círculo sagrado do deus, montara uma pedra sacrificial para oferendas queimadas. Lá, a prática era imolar criaturas vivas, às vezes um gaio-siberiano preso em uma rede, às vezes um lagópode em uma armadilha, até um filhote de cachorro comprado em Ivalo. Desta vez, queria fazer uma oferenda com um verdadeiro animal selvagem da floresta — a lebre de Vatanen; e, quando Vatanen não concordara em vendê-la, o homem se viu com apenas uma alternativa para apaziguar os deuses: roubar o animal do seu dono. Na nova vida, dizia, levava uma existência completa, muito rica e equilibrada. Sentia que os deuses estavam satisfeitos com ele e que não havia outros para agradar. Desejava a mesma paz de espírito maravilhosa a Vatanen: eles deviam juntar forças, e, em comunhão, sacrificar a lebre.

Após o longo relato da peregrinação religiosa, Vatanen concordou em ignorar o incidente; mas também insistiu que Kaartinen jurasse que ficaria bem longe da lebre no futuro, particularmente no que se referia às preocupações religiosas.

Quando, naquela noite, Vatanen voltou esquiando lentamente da Ravina de Vittumainen para o Desfiladeiro de Läähkimä, acompanhado da lebre, não pensava mais no mundo estranho de Kaartinen. Uma meia-lua e estrelas brilhavam fracamente na noite congelada. Ele tinha seu próprio mundo, aquele ali, e era bom estar lá, vivendo sozinho sem perturbar ninguém nem ser perturbado. A lebre passeava silenciosamente pela trilha à frente do esquiador, como um desbravador. O homem cantava para ela.

## 15.
## O Urso

Vatanen derrubou vários pinheiros grossos próximo ao canto da cabana, serrou-os no comprimento correto, cortou-os em toras para construção com seu machado, içou a substrutura da cabana com uma longa alavanca, tirou toras podres e colocou as novas no lugar. O resultado foi uma bela parede.

Para a lebre, derrubou vários choupos das margens de um lago e as arrastou para o pátio. A ingênua criatura se ocupou com elas o dia todo, como se também tivesse uma construção com a qual se preocupar. De qualquer forma, os choupos ficaram brancos à medida que a lebre comia a casca.

Vatanen substituiu o vidro quebrado de uma janela por um novo. Arrancou o piso podre de dentro da cabana e pregou as novas tábuas. Entre as duas camadas do chão, jogou o conteúdo fino de alguns formigueiros abandonados — um ótimo isolamento. A cabana no Desfiladeiro de Läähkimä ficou esplêndida.

Pouco mais de um mês depois da visita de Kaartinen, Vatanen recebeu novos visitantes.

Dez soldados entraram esquiando no pátio — eram do batalhão da infantaria de Sodankylä, disseram eles. Fazendo chá no fogo, o tenente explicou que o batalhão teria um exercício militar de três dias naquelas vizinhanças remotas da Lapônia. E que seria logo.

— Até nós fomos um pouco surpreendidos. Devemos agradecer ao Ministro das Relações o Exteriores por isso. Quer algum tipo de espetáculo para os VIPs estrangeiros que ele convidou para um passeio na Lapônia; são manobras de batalha em larga escala ordenadas pelo Estado-Maior. Malditos estrangeiros: quinhentos homens bradando gritos de guerra na floresta por porra nenhuma.

O tenente perguntou a Vatanen se o quartel-general poderia usar a cabana no Desfiladeiro de Läähkimä como alojamento. O pessoal do Ministro das Relações Exteriores ficaria na Ravina de Vittumainen, ele ouvira dizer.

— Então, tudo bem se ficarmos aqui?

— Sejam bem-vindos. Fiquem à vontade para vir aqui e treinar — concordou Vatanen.

Dois dias antes do início oficial do exercício, uma torrente de soldados chegou ao alojamento. Alguns suboficiais e vários recrutas apareceram em motoneves, trazendo equipamentos de rádio, mapas, mantimentos, barracas e bandeiras de unidade. Vatanen perguntou se podia comprar cera para esqui e um pouco de carne porco deles, mas o contramestre respondeu:

— Pode pegar o que quiser.

No dia seguinte, mais tropas chegaram. Uma fila cinza e longa de soldados e recrutas esquiava para o alojamento. Todos estavam exaustos. Caminhões do Exército roncavam, barracas foram montadas em volta do alojamento e descendo pelo desfiladeiro, com uma delas montada quase no fundo.

Vatanen temia que o barulho acordasse o urso. Não tivera intenção de falar sobre o animal de início, mas agora contara ao major responsável pelas operações que, se as tropas não fossem logo movidas em direção à Ravina de Vittumainen, o urso poderia acordar e ele não podia se responsabilizar pelas consequências.

— Dane-se o urso! Tenho outras coisas em que pensar. Leia aquele livro de Pulliainen, aquele pastor de renas. Verá que não há por que ter medo de ursos; não são motivo de pânico.

À noite, a temperatura caiu para abaixo de vinte graus negativos. Vatanen dormiu mal. Sentia a respiração curta e rápida da lebre no seu ouvido: ela também estava tensa, coitadinha.

E o que ele temia de fato acontecera, e de uma forma terrível.

De madrugada, por volta das cinco horas, um grupo de soldados entrou correndo na cabana: carregavam um dos seus companheiros em um cobertor. Quando as luzes foram acesas e os homens que tumultuavam o local receberam ordem para sair, pode-se ver o ferimento.

O rapaz estava coberto da cabeça aos pés com sangue congelado. A mão direita havia sido quase arrancada e ele desmaiara, provavelmente devido à perda de sangue. O médico de combate que foi chamado o enfaixou e lhe deu uma vacina antitetânica. Um caminhão do Exército deu a partida; o operador de rádio pediu um helicóptero, mas não foi dada permissão de voo, pois estava reservado para uso do Ministério das Relações Exteriores.

O soldado atacado foi envolto em cobertores, carregado e colocado no caminhão. Aqueles que o seguravam limparam as mãos manchadas de sangue nas próprias calças enquanto o veículo seguiu, aos solavancos, através da floresta escura em direção à estrada mais próxima.

Tiros soaram vindo do desfiladeiro escuro. Vatanen saiu e gritou na direção dos tiros:

— Parem de atirar no escuro! Vocês podem acertá-lo!

Mais tarde, pela manhã, quando havia luz o suficiente, Vatanen esquiou para o fundo do desfiladeiro. Os soldados contaram o que acontecera.

O homem responsável pelo aquecimento de uma das tendas foi olhar as pegadas de urso com uma lanterna. Foi até o arvoredo, embora o sentinela o tivesse alertado sobre o perigo. Pouco depois, viu a luz da lanterna se apagar, ouviu um estrondo e um grito nas árvores e, em seguida, mais nada. Quando os homens saltaram das suas barracas para ajudar o companheiro, um urso preto enorme com um colar de pelagem branca em torno do pescoço surgiu arrebatadamente do arvoredo e correu para as luzes. Jogando neve nos homens, fugiu para a escuridão.

Na cabana, oficiais discutiram o que acontecera e refletiram sobre a situação. Concluíram melancolicamente que nem a guerra nem exercícios militares dependiam de uma baixa. O major decidiu dar continuidade aos exercícios exatamente como planejado. As barracas foram desmontadas. Os soldados esquiaram silenciosamente em fila única para

Ravina de Vittumainen, onde, no dia seguinte, dariam uma demonstração de combate para adidos militares estrangeiros.

Uma mensagem de rádio veio do secretário particular do Ministro das Relações Exteriores na Ravina de Vittumainen. Haviam chegado notícias de que um urso fora visto no Desfiladeiro de Läähkimä; os adidos militares e suas esposas estavam extremamente interessados.

— Gostaríamos de encontrá-lo. O que queremos é, em primeiro lugar, dar uma boa olhada nele, tirar fotos, sabe, e filmá-lo. Depois, atirar nele. Pode organizar isso?

O major, que recebeu a chamada, recusou-se. O urso, salientou, era perigoso: durante a noite, atacara um homem até quase matá-lo.

O secretário particular ignorou os alertas. Era claro que os adidos tinham armas excelentes e experiência em usá-las. Todos tinham a patente de coronel. O major estava se preocupando desnecessariamente.

— Mas, na Finlândia, os ursos são uma espécie protegida — insistiu o major.

— Levamos isso em conta. Entrei em contato com o Ministro do Meio Ambiente. Quando ouviu que o urso atacara um dos seus homens, a permissão foi dada.

O major teve que ceder. Destacou um caminhão para trazer os adidos e suas esposas para a caça ao urso. Quando a luz do dia se apagava, um grupo colorido vinha da Ravina de Vittumainen, incluindo o adido sueco, o francês, o americano e o brasileiro, além de duas mulheres: esposas do sueco e do americano.

— Isso é incrível! — exclamou a esposa do americano. — Dá para acreditar nisso? Poder matar um urso negro!

O grupo mal podia esperar pela caça ao urso que aconteceria na manhã seguinte.

A sala de operações do QG, com seu equipamento de rádio, foi cedida às mulheres, para que passassem a noite. Desanimado, o major pegou seu equipamento e o levou para uma barraca, comandaria o exercício militar de lá.

As mulheres se limparam com água fervida pelos recrutas, que reclamaram da tarefa, em um latão de leite. Dois recipientes de sopa de ervilha foram lavados e levados para elas, viabilizando a higiene íntima. Os recipientes foram modestamente envolvidos em toalhas.

— Merda! — disse o sargento. — Esquecemos o espelho e o penico!

O problema foi resolvido com outro latão de leite, entregue no quarto onde elas estavam. O secretário particular do ministro foi incumbido de explicar o propósito para o qual se destinava. Elas olharam para o objeto e se entusiasmaram:

— Puxa, o Exército Finlandês está com certeza bem equipado. Estas latas são realmente práticas para as condições de campo! Como podem *nossos* exércitos não terem um equipamento como esse?

Quando ambos os espelhos retrovisores do Land Rover haviam sido desparafusados e entregues, o secretário pôde respirar aliviado: os problemas estavam resolvidos, mesmo com as condições austeras.

Pela manhã, soldados foram encarregados de esvaziar os latões de leite usados durante a noite. Com expressão séria, carregaram as latas para fora; assim que chegaram lá, entretanto, correram para a floresta e as jogaram na neve. Ficaram nauseados e deram risada.

— Quietos, homens! — disse o major, dos degraus. — E lavem bem esses latões. Quero ver o sol refletindo nas laterais.

As pegadas do urso foram facilmente encontradas e o grupo de caça foi trazido em fila única. Vatanen esquiou primeiro, seguindo as marcas. Em seguida veio a lebre, depois vários oficiais e, finalmente, o resto do grupo. O homem estava bastante convencido de que a caçada terminaria em nada e, para ele, isso estava bom.

Depois de uma hora esquiando, o grupo se separou em uma longa fila quebrada: adidos militares, com exceção do brasileiro, ainda acompanhavam Vatanen; as mulheres e os demais membros deviam ter parado para um café em algum lugar para trás.

Depois de mais uma hora esquiando, uma surpresa.

Eles chegaram ao local onde o urso dormira e o animal ainda estava lá! Cavara uma espécie de toca para debaixo da neve e, aparentemente, estava dormindo ali. Vatanen cochichou a descoberta para os homens mais próximos, que repassaram a informação. A lebre pressentiu o perigo novamente e correu, aterrorizada, para os pés do dono.

O grupo se organizou em posição de fogo. Depois esperaram pelas mulheres e pelo restante. Cerca de meia hora mais tarde, elas subiram com dificuldade, suando. A senhora dos Estados Unidos se sentou sobre os esquis na neve e acendeu um cigarro. Estava completamente exausta: a maquiagem dos olhos escorrera pelo rosto. Parecia um traste, não havia como negar isso. A irmã sueca estava em melhor forma, mas também cansada.

Vatanen confiou a lebre à sueca e pediu que cuidasse dela por um tempo. Esquiou para mais perto da toca. Era um sentimento estranho: estava com uma aflição danada. Lá estava ele, o urso: exatamente quão feroz era, ninguém sabia. Vatanen nunca fizera nada como aquilo antes. Jamais caçara puramente por prazer. Agora fazia parte daquilo, e sentia tanto vergonha quanto medo.

Gritou de horror e uma câmera começou a rodar.

O urso acordou sobressaltado, mas ficou imediatamente alerta ao perigo. O animal jogou detritos para o lado e correu para Vatanen, que o acertou na cabeça usando com tanta força a coronha do seu rifle que ela se partiu. O urso correu pela fila de pessoas e se virou para as mulheres. Dois tiros explodiram. Nenhum o acertou.

O animal ficou em pé em frente à sueca e parou sobre as patas traseiras, aparentemente atônito com a imagem de uma mulher com uma lebre nos braços. O urso farejou a lebre e, então, abraçou a mulher: três criaturas em um abraço. A lebre e a mulher gemeram de terror, alarmando o urso, que jogou as duas para longe. Elas voaram cinco ou seis metros, a lebre ainda mais. Imediatamente, o urso fugiu a toda velocidade.

Vários tiros soaram atrás dele. Um deles pode o ter atingido, pois se ouviu um grande rugido e ele virou para seus inimigos, mas continuou o passo rápido e logo desapareceu de vista.

Soldados esquiaram atrás do animal, embora agora fosse inútil. O resto do grupo se juntou ao redor da sueca, que estava histérica, chorando na neve. O que não era de se admirar, depois de uma tensão daquelas.

Chamaram um jipe pelo rádio e, algumas horas mais tarde, todos estavam de volta ao Desfiladeiro de Läähkimä. Em frente à cabana havia um helicóptero da Força Aérea; as mulheres foram ajudadas a embarcar. A mulher sueca segurara a lebre o tempo todo. A pelagem do animal estava molhada de lágrimas e agora a mulher levava a lebre para o helicóptero.

Vatanen a deteve.

— Vamos — disse o secretário particular do ministro. — Você é um homem crescido. Não vê que ela está em estado de choque? Deixe que ela fique com a lebre.

— O ministro o recompensará. De qualquer maneira, você pode pegar e domesticar até mil lebres dessa floresta, não é?

Vatanen se recusou a desistir da lebre. Do helicóptero, a senhora mandou dizer que não conseguia nem pensar em se separar da lebre com quem dividira os momentos mais tenebrosos de toda a sua vida. O secretário particular se viu negociando nervosamente sob as hélices do helicóptero no pátio do alojamento. Tentou achar um meio-termo, mas suas habilidades diplomáticas não estavam funcionando com Vatanen; não estavam chegando a lugar algum.

A senhora anunciou que não poderia, sob nenhuma circunstância, deixar a pobre lebre naquele terrível lugar inóspito, uma presa para animais selvagens, à mercê de um finlandês bronco.

Vatanen propôs que, se a senhora não podia, no presente momento, desistir do que não era sua propriedade, talvez os direitos da questão pudessem ser resolvidos mais tarde.

— Está bem, entre você também, então — explodiu o secretário particular, já cheio da situação. — Mas devo dizer que você é um homem excepcionalmente mesquinho.

O resto do grupo subiu no helicóptero. A pesada aeronave acelerou os motores, levantou no ar e foi para a Ravina de Vittumainen. Lá, uma verdadeira guerra de inverno acontecia, mas os adidos militares estrangeiros não prestaram atenção no que ocorria. Foram direto do helicóptero para a hospedaria de madeira. Lá fora, o Exército Finlandês foi deixado esbravejando gritos de guerra para... nada.

# 16.
# O Jantar

Na ala masculina espaçosa da hospedaria da Ravina de Vittumainen, uma mesa havia sido arrumada para um magnífico jantar. O longo móvel de pinheiro havia sido coberto com um belo pano branco e estava repleto de quitutes suculentos trazidos de Helsinque. Haviam sido colocados lugares para mais de vinte pessoas em volta da mesa. Nos espaços entre os quitutes, havia fruteiras e bandeiras em miniaturas de todos os países dos adidos militares. O secretário particular do ministro se sentou de um lado da mesa enquanto o general do Estado-Maior se sentou do outro.

As caçadoras de urso foram trocar de roupa e agora reapareceram na ponta mais estreita da casa. A entrada foi uma seleção de canapés de peixe. Vatanen notou que algumas cadeiras estavam vazias do lado do general. Sentou-se em uma delas, pois estava com fome.

O secretário particular lhe deu um olhar enfezado e não disse nada. O oficial do Estado-Maior, um major-general, fez um cumprimento militar.

Havia tanto vinho branco quanto rosé. Vatanen aceitou o rosé. Depois do canapé, uma sopa foi servida; um creme ligeiramente pegajoso, mas delicioso, feito com camarões enlatados.

A conversa se voltou para os acontecimentos do dia: em particular, perguntaram sem parar para a sueca e para a americana sobre a caçada. Elas contaram em detalhes, especialmente a senhora sueca. Os ouvintes suspiravam de horror diante do seu sofrimento e coragem, e todos estavam embasbacados com sua sorte extraordinária. Ela mencionou também a lebre, a essa altura quase esquecida. Então esta foi rapidamente encontrada e colocada no colo da senhora, que, por sua vez, colocou o animal assustado sobre a toalha de mesa e começou a acariciá-lo.

— Nunca em minha vida poderei ser separada desta criatura adorável e corajosa! O urso teria me matado, tenho certeza absoluta, se esta pobre doçura inocente não estivesse em meus braços.

O major-general perguntou a Vatanen se era verdade que a lebre era dele. Vatanen disse que era e sussurrou que não tinha nenhuma intenção de deixar que aquela senhora a tivesse como sua doçura.

— Pode ser meio complicado tomá-la de volta agora — sussurrou o major general.

A senhora deu um pouco de alface para a lebre e esta começou a comer vorazmente. Sua boca parecia um moinho. Um grito de alegria se espalhou pela mesa. O animal estava partilhando uma refeição com os outros membros da caçada! O grupo estava sonoramente comovido.

O barulho geral assustou a lebre, que soltou uma pequena cascata de cocôs sobre a toalha. Ela soltava sem parar e alguns cocozinhos caíram dentro da sopa da sueca. A lebre se soltou das suas mãos e saltou pelo centro da mesa, derrubando um candelabro e deixando cocôs de pânico entre garfos e facas aqui e ali.

Os convidados se levantaram em um pulo: somente o general e Vatanen permaneceram sentados. O general puxou seu prato de sopa para cima dos seus joelhos quando viu a lebre saltando para o seu lado da mesa.

Vatanen agarrou o animal pelas orelhas e o colocou no chão, onde a pobre criatura escapou para um canto. Os convidados se sentaram novamente. Ficaram em silêncio por um instante.

A sueca estava muito tensa. A mão esquerda brincava com uma folha de alface como se fosse um guardanapo; então tomou várias colheradas da sopa até notar os cocôs de lebre boiando na superfície. Ficou ainda mais tensa, olhou fixamente para seu prato e então começou a delicadamente empurrá-los com a colher para a beirada, como alguém que se desfaz de algumas ervilhas pretas em uma sopa de ervilha. Uma vez que eles estavam na beira do prato, ela deu um sorriso nervoso e mergulhou sua colher algumas vezes, sem apetite. Então, de repente, derrubou a colher sobre a toalha de mesa, limpou a boca com uma folha de alface e disse, envergonhada:

— Ah, que boba que sou... poderia me trazer outro prato de sopa, por favor?

Seu prato foi retirado. Os cocôs de lebre sobre a mesa foram discretamente removidos e uma nova toalha foi colocada. Enquanto tudo isso acontecia, foi oferecido um copo de vermute.

Então, o jantar continuou. A conversa parecia evitar o episódio da caça. A sueca sequer tocou a sopa nova: olhava fixamente para o prato dizendo algo sem importância de vez em quando para quem estava ao seu lado. E logo era a vez do prato principal: lebre. Que coincidência!

Estava deliciosa, mas poucos repetiram: a situação era ambígua demais. O pudim foi trazido às pressas — amora ártica com chantilly — e, então, as pessoas se levantaram da mesa. A toalha foi tirada, o café foi servido com licores e conhaque, e apenas então a atmosfera começou a ficar mais relaxada.

Através da janela soldados podiam ser vistos esquiando em todas as direções; caminhões do Exército atravessavam ruidosamente a paisagem do anoitecer. Os convidados olharam para fora com expressões entediadas: era como se a janela fosse uma tela de televisão que alguém tivesse se esquecido de desligar durante um programa tedioso. Logo estava escuro; era como se algo estivesse errado com a televisão: a imagem escurecia lentamente até o negrume completo prevalecer. Apenas o som funcionava: os gritos de guerra dos soldados em ataque, os ruídos abafados dos cartuchos de festim e o ronco dos veículos. Os sons penetravam as paredes de madeira da hospedaria da Ravina de Vittumainen, onde os VIPs batiam papo civilizadamente sobre uma e outra coisa.

## 17.
## O Incêndio

Na hora de dormir, Vatanen se acomodava no chão junto à lebre e a mochila, ao lado dos homens da hospedaria, quando o secretário particular do ministro apareceu e disse:

— A meu ver, você não pertence a este grupo de maneira alguma... Senhor Vatanen, este é o seu nome, certo? Sugiro que vá embora com essa maldita lebre e não apareça novamente. Esta é, sem dúvida, a melhor solução para todos. Falei com o adido sueco e ele tem a mesma opinião. Me contou que sua esposa não está mais tão desejosa quanto ontem de ficar com a lebre.

Vatanen começou a recolher suas coisas.

— Me pergunto como você teve a ousadia de participar de um jantar oficial. Foi um ato proposital? E o bicho, por favor, leve-o daqui com você. Já causou mais danos do que você poderia imaginar mesmo que tentasse.

— Foi a senhora quem decidiu que não podia ficar sem ele — resmungou Vatanen.

— Foi sua maldita lebre que causou todo o problema. E não ouse referir-se à senhora ou ao que ela quer. Agora saia daqui. Estou lhe dando cem marcos; posso dar até duzentos, se quiser. Quero me livrar desse drama.

Vatanen aceitou as notas e perguntou:

— Você precisa de um recibo?

— Pelo amor de Deus, vá embora agora.

Vatanen havia arrumado suas coisas. Colocou a lebre na mochila, a cabeça saindo pela parte de cima. Antes de ir até a porta, esticou a mão para o oficial, que apenas respirou fundo através dos dentes. Lá fora, Vatanen seguiu um caminho até o fim da trilha e então foi algumas centenas de metros mais além, para as barracas dos soldados. Subiu na barraca de um pelotão e encontrou um lugar para se enrolar e dormir. Os soldados, cansados, faziam chá e lhe ofereceram uma caneca. Ninguém fez perguntas. O rapaz do plantão de incêndio jogou mais toras de bétula molhadas no fogão preto e alguém gemeu enquanto dormia.

Um alarme tocou de madrugada, mas ninguém se levantou. Alguém tirou um baralho de cartas. Vatanen se animou e disse que ofereceria dinheiro para ser usado no jogo, se alguém quisesse jogar.

Jogou os duzentos marcos sobre o cobertor, dizendo de onde eles haviam vindo, e a barraca toda se uniu para jogar. Uma hora mais tarde, o dinheiro havia sido distribuído. Um soldado que saíra da barraca voltou com a notícia de que uma das esposas dos diplomatas tomara sopa de merda de lebre na noite anterior.

Uma ordem para que o acampamento fosse desmontado até as seis horas chegou.

Ninguém mexeu um dedo para cumpri-la. Lá fora, na escuridão, algum ataque noturno evidentemente acontecia. A contribuição dos homens ao jogo de guerra do lado de fora era dar gritos de ataque o mais alto que podiam. A guerra ainda continuava: veículos começaram a roncar e a rugir; gritos cansados vinham de algum lugar.

Por volta das nove horas, Vatanen saiu da barraca. Ainda estava mais ou menos escuro, mas os jogos de guerra haviam ficado de certa forma mais animados — o suficiente para pôr fim à vida dentro do acampamento. Entretanto, a barraca ainda não tinha sido desmontada.

Isso foi, de fato, sorte, porque a hospedaria estava em chamas. Evidentemente pegava fogo há pelo menos duas horas e agora as chamas estavam fora de controle. As pessoas que dormiam haviam acordado e as janelas explodiam. Militares em roupas de baixo e suas esposas agrupavam-se do lado de fora do prédio de madeira, os gritos se tornando cada vez mais altos. Uma pistola sinalizadora foi disparada no ar; a guerra dos soldados ficara em segundo plano.

Vatanen acomodou a mochila com a lebre dentro no galho de uma árvore e correu para o prédio. O pátio estava superlotado com pessoas envolvidas em cobertores, reclamando, em uma balbúrdia de línguas diferentes, da situação. O incêndio provavelmente começara na cozinha, pois o centro do telhado do local havia afundado, mas se espalhara por todo o prédio. O general do estado-maior assumira o comando: estava de pé de meias no meio do caos, gritando ordens. Não parava de levantar um pé após o outro: a neve derretia debaixo das suas meias. Usava calças do exército, mas não uma túnica militar. Apesar disso, todos sabiam que era o general.

As pessoas ainda pulavam da extremidade mais estreita da casa, incluindo mulheres, que gritavam em pânico. Vatanen reconhecia muitas delas, uma em especial: alguém estava guiando a sueca para longe da fumaça. Estava nua, na neve congelante e aos prantos. As chamas fumegantes formavam uma silhueta e ela estava extremamente bonita procurando o caminho pela neve, assistida por dois soldados; então um cobertor foi jogado, envolvendo-a. O prédio todo era uma massa de fogo; soldados jogavam neve pelas janelas, mas alguém saiu xingando, dizendo que não era possível chegar tão perto, pois derreteria os capacetes nas suas cabeças.

O helicóptero estava na frente do pátio e parecia correr perigo de explodir em chamas. O general berrou para que a aeronave fosse levada embora. Onde estava o piloto? Um homem nu correu e queimou a mão ao tocar a lateral de metal, mas conseguiu se arrastar para dentro; abaixou as janelas e gritou:

— O motor está frio demais! Não pode decolar ainda!

Seu corpo estava visível pela janela e faíscas da casca de toras em chamas voavam contra as laterais de metal quentes do helicóptero como pinhões em uma tempestade. A janela foi fechada enquanto o general gritava:

— Decole! Agora!

O secretário particular do ministro correu para o pátio, também seminu. Pediu jaquetas e sapatos aos soldados. Logo, seus braços carregavam uma pilha de roupas e botas, que espalhou sobre a neve que derretia e distribuiu para as mulheres nuas, vestidas apenas com cobertores. Uma mulher recebeu botas, outra recebeu meias; túnicas e sobretudos foram jogados sobre seus ombros, até que ficarem gordas como abelhas-rainhas; capuzes de camuflagem brancos caíram sobre seus ombros brancos.

A sexta companhia do batalhão entrou em cena. Exaustos, os soldados pararam à beira da neve. Um dos oficiais berrou, e os homens formaram um semicírculo bem irregular em volta do prédio em chamas. Suas vestes brancas de camuflagem para neve reluziam vermelhas no fulgor do fogo. Os rostos dos rapazes, pretos e marcados pelo frio, pareciam impossíveis e pouco humanos; eles eram como uma corrente de fantasmas enviados para fechar a área.

— Tem um fósforo? — alguém perguntou. Um isqueiro circulou de mão em mão enquanto os soldados se apoiavam nas suas varas de esqui.

O pesado helicóptero do exército pulsou e a fez barulhos, e logo se escutou um som amplo de marteladas, enquanto as grandes hélices lentamente começaram a fazer girar o ar queimado. Abaixado, o general correu para a cabine de voo, sinalizando que as pessoas deveriam ser levadas. O secretário, percebendo o que ele queria dizer, começou a guiar as mulheres para o helicóptero trepidante. Vatanen se aproximou da árvore e pegou a mochila do galho, sussurrando suavemente para a lebre, frenética por ter ficado pendurada tanto tempo em uma bolsa no galho no meio daquele pandemônio.

O homem jogou a mochila nas costas e voltou à cena do incêndio. A lebre resmungava na bolsa, mas não fez mais nenhuma tentativa de fuga e, mesmo que tivesse tentado, a corda a teria impedido.

O secretário guiava algumas mulheres debaixo das hélices do helicóptero; a porta se abriu e mãos empurraram seus traseiros, enfiando-os — envoltos em roupas de exército grossas — dentro da cabine. O piloto e o copiloto do helicóptero, completamente nus, estavam na porta, dando uma mão para ajudá-las a subir. O general acendeu um cigarro. Vatanen decidiu ir ajudar com o carregamento. Saltou dentro da máquina e levantou quem tinha dificuldade para entrar, até o capitão dizer:

— É isso, tenente. Vamos partir. Nem mais uma pessoa. Feche a porta!

— Tenente!

Vatanen estava prestes a sair, mas o engenheiro eletrônico pelado agarrou seu braço, fechou a porta na sua cara e agarrou os fones de ouvido:

— OH 226, OH 226... Pode me ouvir? Prestes a decolar. Destino Hospital Militar Sodankylä. Ok, câmbio.

As janelas estavam salpicadas pela condensação, mas, ao limpar a mais próxima com a mão, o jornalista viu as pesadas hélices começarem a brilhar, girando com a força da aceleração. Isso enviou mais uma rajada de vento para o prédio em chamas e a fornalha subiu dezenas de metros. A tempestade deu um novo brilho aos andares de madeira que despencavam: na luz pálida da manhã, eles brilhavam como fogos de artifício. Então, o helicóptero decolou.

Da terra, o general fazia sinais: abria e fechava os braços em intervalos regulares. As pessoas ficavam cada vez mais distantes e os ouvidos dos presentes na cabine se tornaram ensurdecidos pelo barulho. Logo, a figura do general, de pé e de suspensórios, tornou-se minúscula; o prédio brilhante diminuiu e o helicóptero subiu tão alto que o sol surgiu à vista.

Ah, que vista!

Vatanen tirou a bolsa das costas e a passou para a frente; empurrou o focinho da lebre para a janela, mostrando a grandiosa paisagem.

— Olhe, garoto, olhe.

A lebre olhou, suspirou e se aninhou contra o peito do dono; enfiou as patas dentro da bolsa, encolheu-se na posição fetal e adormeceu.

De repente, luzes fortes foram acesas. A porta se abriu e lá estava um nomem pelado dizendo:

— Estamos a caminho de Sodankylä. O tempo de voo é de doze minutos. Peço que por favor mantenham a calma. E... alguém poderia me emprestar algumas roupas?

Ele recebeu uma coleção aleatória de itens. Enquanto isso, o grupo igualmente aleatório de pessoas, eram cerca de vinte, olhou umas para as outras mais com mais calma, e espiaram pela janela. O jornalista notou que, em frente a ele, estava o secretário particular, sentado espremido entre duas mulheres, parecendo claramente desconfortável. Quando o oficial percebeu que estava de frente para ele, disse em voz baixa, num tom resignado à adversidade:

— Você está aqui também. Eu deveria ter adivinhado.

Ele não usava sapatos, os pés descalços estavam obviamente gelados. Vatanen tirou os seus e os ofereceu, dizendo:

— Aqui, pegue. Vamos.

A esposa do adido americano, que estava sentado ao lado do oficial, notou a lebre; apontou para o animal e disse, docemente:

— Que criatura adorável! Que doce! E sempre conosco! Posso acariciá-la?

O helicóptero seguia quase em linha reta em direção ao sol; as áreas inóspitas cobertas por neve passavam debaixo deles. De volta a Sompio, nuvens densas de fumaça podiam ser vistas com uma esticada de pescoço. A floresta deserta deslizava vibrando debaixo deles. Quando voaram sobre o Desfiladeiro de Läähkimä, Vatanen pode ver as pegadas deixadas pela caçada ao urso. Mais próximo de Sodankylä, viu uma figura solitária caminhando pesadamente atrás de uma longa trilha: as pegadas eram como as de um rato, mas quem as deixara era preto e ia para o sudeste. Ele olhou tanto que seus olhos começaram a lacrimejar. Chegou à conclusão definitiva de que se tratava do urso do Desfiladeiro de Läähkimä; não podia ser outra coisa.

Não disse nada; enxugou as lágrimas e acariciou a lebre. A fumaça de Sodankylä se tornava visível.

## 18.
## Para Helsinque

O helicóptero aterrissou no pátio do hospital militar. Foi um espetáculo e tanto quando os diplomatas desembarcaram vestindo um conjunto heterogêneo de roupas emprestadas. Um médico veio recebê-los e apertou as mãos de cada um, incluindo a de Vatanen. Todos foram levados até uma enfermaria, onde foram examinados.

O último a sair foi o piloto nu. Escondeu-se atrás do helicóptero até ter se certificado de que a maioria das mulheres havia entrado no hospital, então correu para outra enfermaria. O médico pediu roupas para ele: pronto.

O jornalista estava sentado na sala de espera com a lebre e a mochila. Logo, várias roupas de civis, sapatos, roupas de baixo, tudo, chegou em uma perua de entregas da Mannermaa, a loja de departamentos. Na sala de espera, todos escolheram o que precisavam e saíram para experimentar. O secretário escolheu sapatos que lhe servissem e, por isso, devolveu os de Vatanen, agradecendo-lhe.

Com os sapatos calçados, ele deixou a sala e pegou uma carona para a rua principal. O motorista ouvira a notícia no rádio e fez tantas perguntas que o jornalista começou a se sentir cansado.

Ele estava de saco cheio dos acontecimentos dos últimos dias. Arranjou um quarto de hotel e ligou para o presidente da Associação de Donos de Renas de Sompio.

— Imagino que o alojamento do Desfiladeiro de Läähkimä não pegou fogo também, pegou? — perguntou o presidente.

— Não. Mas escute, está na hora de me pagar. Acho que preciso partir. Não havia muita tranquilidade aqui em Sompio no fim das contas, sabe.

— Imagino. Claro, acertarei as contas com você.

A lebre não parecia muito bem: estava deitada na bolsa parecendo se sentir mal e, quando Vatanen a deixou entrar no quarto, saltitou nervosamente sobre a cama e fechou os olhos.

Ele ligou para o veterinário de Sodankylä para perguntar qual poderia ser o problema. Este foi ao hotel e examinou a lebre, mas não soube dizer o que havia de errado com ela.

— Animais selvagens podem ser estranhos, sabe. Quando domesticados, podem morrer sem nenhum motivo. Talvez seja esse o caso agora. O único lugar que talvez possa fazer algo por ele é o Instituto Nacional de Ciência Veterinária. Poderiam fazer alguns exames; se acharem que vale a pena, quero dizer. Mas você não iria até Helsinque por casa de uma lebre, iria? E, obviamente, o instituto não é um hospital veterinário onde tratam de animais de estimação, mesmo que os donos paguem.

Mas, com a lebre em um estado tão ruim, Vatanen estava determinado a fazer o necessário para que ela melhorasse. Conseguiu vender todo o equipamento que deixara no Desfiladeiro de Läähkimä, incluindo os esquis, para o pastor de renas, contratou um táxi para Rovaniemi e pegou um avião para o aeroporto de Seutula, em Helsinque. De lá, tomou um táxi direto para o Instituto Nacional de Ciência Veterinária.

Caminhou pelos corredores do instituto sem chamar atenção: finalmente estava em um lugar onde as pessoas não ficavam olhando um homem carregando uma lebre.

Sem dificuldade nenhuma, encontrou o caminho para o escritório do professor pesquisador; apertou a campainha junto à porta e, quando a luz verde acendeu, carregou a lebre para dentro.

Sentado à escrivaninha, mexendo em seus papéis, estava um homem com um avental branco de aparência estranhamente surrada; ele se levantou, apertou a mão de Vatanen e o convidou para se sentar.

Vatanen disse que precisava de ajuda, ou melhor, que sua lebre precisava, porque estava doente.

— Então o que é esta lebre e qual é o problema com ela? — perguntou o professor, pegando o animal no colo. — Hmm, pode ter algum parasita, acho. Teve contato com estrangeiros? Comeu vegetais não lavados?

— Sim, é possível — respondeu o jornalista.

— Terá que fazer alguns exames de sangue, aí saberemos.

O pesquisador escreveu uma nota de admissão em uma folha amarela e a entregou a Vatanen, acrescentando:

— A lebre é do parque ecológico de Evo, é claro.

Vatanen afirmou com a cabeça.

Levou a nota para um laboratório e a deu para um assistente que trouxe várias agulhas hipodérmicas, tirou duas ou três amostras da lebre, que tremia. O assistente disse que os resultados estariam disponíveis em duas horas.

Enquanto esperava, Vatanen foi comer. Pôde deixar a lebre no instituto. Algumas horas depois, ele tinha mais do que a lebre em suas mãos: um monte de papéis, que formavam uma espécie de histórico do caso. Carregou-os de volta ao escritório do professor.

— Como imaginei — disse o professor. — Problema intestinal. Algumas injeções resolverão o problema. Escreverei uma receita e você pode levar os remédios para Evo.

A lebre foi medicada e Vatanen recebeu várias ampolas e seringas descartáveis.

— Como dizem, já deu minha hora — disse o professor, tirando o avental branco. Eram cinco da tarde. — Vou de carro para a cidade. Venha junto, se quiser e se não estiver de carro. — O professor surrado era extremamente amigável. Vatanen entrou no carro e ele seguiu para o centro da cidade. Continuou: — Ela deve beber bastante água, mas não deve comer nada por dois dias. Depois pode ser alimentada como antes. Com certeza vai se recuperar. Posso deixá-lo na estação de trem. Veio de trem, não veio?

Vatanen não se conteve e disse:

— Vim de avião.

O professor ficou confuso, depois deu risada.

— Mas não há avião do Parque Ecológico de Evo!

— Vim de Rovaniemi, na verdade. E, antes disso, de Sodankylä.

— Você nem é de Evo? — perguntou o professor, completamente confuso. — Mas...

Vatanen começou a contar sua história. Destacou que a lebre era de fato do sul, embora fosse de Heinola, e não de Evo. Depois descreveu as viagens pela Finlândia: Heinola, Nilsiä, Ranua, Posio, Rovaniemi, Sodankylä, Sompio, de volta a Rovaniemi e agora ali. O professor parara o carro junto à calçada na Mannerheim, a rua principal de Helsinque, e ouvia Vatanen com clara descrença. De tempos em tempos, dizia:

— Impossível.

Quando Vatanen chegou ao fim da história, o professor disse, seriamente:

— Desculpe, senhor, mas não acredito em uma palavra que disse. Uma história e tanto, devo admitir, mas por que você a está contando, não tenho ideia. Agora leve a lebre de volta ao Parque Ecológico de Evo e eu ligarei para lá pela manhã.

— Tudo bem; se não acredita em mim, telefone. Não me apego às histórias.

Na esquina da loja Sokos, uma rena cansada puxava e arrastava a corda enquanto um velho Papai Noel decrépito dava um chute maldoso nas suas patas. A rena mantinha os olhos fechados, provavelmente de dor. O animal estava cercado por crianças berrando cujas mães cansadas repetiam de novo e de novo:

— Jari, Jari, pare de tentar subir em cima dela! Vamos, Jari, Jari, escute...

Vatanen se sentiu profundamente triste. Implorou para que o professor seguisse em frente. O carro virou em direção à estação.

Parando mais uma vez, o professor disse:

— Não, tenho que livrá-lo desse animal. Não vai dar certo. Não posso imaginar quem o tornou responsável por ele. Volte para lá. Mandarei um homem para Evo com ele amanhã. Hoje à noite eu mesmo cuidarei dele, em casa.

Ele não era alguém do Parque Ecológico de Evo, insistiu Vatanen.

— Olhe aqui, este não é um assunto sem importância — disse o professor, fazendo menção de pegar a lebre. O carro, estacionado perto de uma lanchonete, obstruía o caminho.

Vatanen segurou a lebre; mas a situação o fez se lembrar do velho conto chinês em que duas mulheres puxam uma criança e a que puxa mais forte fica com ela, mas a verdadeira mãe é de fato aquela que a solta. Ele a soltou, mas disse:

— Tenho uma sugestão. Telefone para o veterinário em Sodankylä. Isso resolverá o caso. Pagarei pela ligação.

O professor refletiu por um instante.

— Está bem, vamos ver. Meu apartamento é bem perto, em Kruununhaka. Ligaremos de lá. De fato, não acredito em você e você ficará sabendo que não pode brincar com uma lebre. Amo animais, senhor, e eles não podem ser deixados nas mãos de qualquer um.

— Mesmo assim, você faz vivissecção.

— Isso é ciência. E não é da sua conta. É minha profissão.

A ligação foi feita. O veterinário confirmou a história de Vatanen até a consulta pela manhã no hotel de Sodankylä.

O professor estava atônito, porém, de saber que a pessoa em questão já havia ido para Helsinque.

Abaixou lentamente o telefone. Lançou um olhar questionador para Vatanen.

— Quanto custou a ligação? — perguntou Vatanen.

O professor não escutou. Em vez de responder à pergunta, disse:

— Gostaria de ouvir sua história novamente. Farei um sanduíche para nós. Não está com pressa, está?

— Nem um pouco.

## 19.
## Ressaca

Vatanen se tornou ciente de que estava deitado no chão, enrolado em um tapete. Estava cheio de bílis: o ácido tomou seu estômago, subiu pela garganta e ele sentiu vontade de vomitar. Não tinha coragem de abrir os olhos; não ouvia nada, mas, se esforçando, podia detectar todo tipo de som: barulhos intestinais, assobios, cantos nos ouvidos. Mais uma vez, bílis amarela subiu na sua boca.

Ficou deitado sem se mexer. Bastava menor movimento, ele sabia, e vomitaria. Engoliu. Não tinha coragem de se mexer o bastante para colocar a mão na testa, que, ele sabia, estava molhada de suor.

Isso deve feder, pensou. Explorou a própria boca: a língua grossa encontrou o palato coberto de cola.

E seu coração? Parecia realmente estar batendo, embora arbitrariamente. O pulso estava preguiçoso, como o caminhar de uma sentinela entediada, mas ocasionalmente acelerava: deu alguns sopapos frenéticos que quase explodiram seu peito e alcançaram os dedos do pé; depois ficou parado alguns segundos, totalmente paralisado; deu algumas pancadas curtas e, então, continuou a caminhada preguiçosa. Teve que se segurar firme no tapete: o chão havia decolado e ele flutuava em uma sala; gotas de suor escorriam pelo seu pescoço; de repente, sentiu-se febril; o tapete estava pesando insuportavelmente no seu torso suado.

Se ao menos eu tivesse coragem de abrir meus olhos, um deles pelo menos, pensou, mas não abriu nenhum deles. Até mesmo a ideia corajosa parecia demais. Ele deveria tentar voltar a dormir: ah dormir, dormir até estar morto. Mas talvez já estivesse morto. A ideia fez com que quisesse rir, embora a alegria tenha morrido instantaneamente. Bílis jorrara novamente na sua boca; e foi heroicamente engolida de volta.

Fez um esforço para entender em que ponto da sua vida estava naquele momento.

Não conseguia conceber nada específico: possibilidades e imagens passavam, várias delas, mas o cérebro não conseguia processá-las: não com profundidade o suficiente para resultar em um pensamento.

Às vezes essa busca lhe parecia muito engraçada. O que era engraçado ele não sabia exatamente, mas havia algo completamente hilário. Quando tentava se concentrar em sua hilaridade estranha, porém, a melancolia tomava o seu lugar, e esta parecia ter uma base sólida demais.

Tudo estava mudando, tudo fugia da sua mente. Por um segundo, pensou em sua cabeça como uma mão, retirando tudo. Minha cabeça está deslizando, pensou. A ideia lhe fez cócegas novamente, mas apenas por um instante; depois caiu em esquecimento. Decidiu que era melhor voltar a mente para algo prático.

Por exemplo, em que época do ano estava? Isso era algo para se pensar. Uma pergunta assim seria distanciada o bastante e, ao mesmo tempo, prática. Que estação do ano seria? Conseguiria se lembrar de algo assim, se fizesse um grande esforço?

Sem perceber, abriu os olhos. Concentrar-se na estação do ano lhe dera força para fazer exatamente o que evitava; aparentemente, nada de mau ocorrera. Seus olhos grudentos se fixaram na parede perto do teto. Havia uma janela grande com oito repartições: quatro pequenas embaixo, duas maiores no meio e duas com as partes redondas de cima mais para o alto; claras, porém; teve que fechar os olhos. Suas pálpebras eram como as escotilhas de um sino de mergulho, e ele decidiu voltar a refletir que época do ano era.

Primavera? Primavera parecia ter um mesmo charme e parecia familiar. Mas, por que não poderia ser outono, ou janeiro...? Não, janeiro não, isso não parecia familiar. Verão também não. Porém, a primavera o fazia pensar em um láparo e isso fazia com que pensasse em uma lebre maior, a sua própria... Isso sugeria outono. Outono fazia com que pensasse no Natal; e agora parecia quase com a primavera — março, provavelmente.

Pensando melhor, março também não parecia certo. Mais provavelmente estavam bem no fim do inverno.

A náusea voltou com força. Ele fez uma barricada para fluido repugnante com seus dentes e saiu rompendo o tapete, viu outros dois adormecidos no chão, percebendo que a porta do banheiro estava bem à sua frente, e correu para dentro.

Vomitou fazendo muito barulho, derramando o conteúdo do seu estômago dentro da privada. Babou, seus olhos incharam e seu estômago se contraía dolorosamente, como uma vaca logo depois de parir, como se fosse sair por sua boca contorcida; seu coração batia tanto que ele ficou tonto.

E, então, subitamente, a náusea passou: uma confiança deliciosa na invencibilidade do seu sistema voltou como um banho refrescante. Levantou seu rosto roxo para o espelho e ficou observando.

Ele era como uma página colorida arrancada de uma revista pornô. Lavou o suor, tirou a camisa e molhou o peito e as axilas com uma flanela fria. Encontrou um pente no bolso e o passou pelos cabelos grossos e sem brilho. Os fios ficaram presos no pente. Ao puxá-los, seus dedos duros e atrapalhados arrancaram, sem querer, vários dentes do pente. Jogou-os na privada e gargarejou várias vezes, depois deu a descarga em toda a caca. Quando abriu a porta do banheiro e voltou para a sala, lembrou-se com uma clareza impressionante de quem era, lembrou que deveria ser Natal, mas os acontecimentos recentes eram completamente obscuros.

A sala era pequena e arrumada. Era obviamente a clínica de um dentista: cadeiras de cromo e motorzinhos brilhavam no sol que entrava pelas janelas. Sentou-se em um sofá junto à janela, as mãos balançando entre os joelhos como um trabalhador rural, e olhou as duas outras pessoas daquele estranho cenário.

Uma era uma mulher jovem, a outra, um homem de meia-idade. Eles haviam acordado e amontoado, junto à parede, as almofadas de sofá que usaram como camas. Vatanen os cumprimentou. Ambos pareciam familiares, porém, ao mesmo tempo, estranhos. Não conseguiu perguntar onde estava e quem eles eram. Supôs que o tempo esclareceria esses mistérios.

A jovem, ou mulher adulta de fato, disse que o táxi deveria ser pago para que o motorista pudesse finalmente ir embora: 480 marcos. Vatanen tateou o bolso de trás da calça: a carteira desaparecera. A mulher a tirou da própria bolsa e lhe deu. Nela, um maço grande, quase dois mil marcos. Vatanen contou quinhentos marcos e os deu para a mulher, que os deu para o homem, que, por sua vez, agradeceu e devolveu vinte marcos. O homem era o motorista de táxi, concluiu Vatanen.

— Adeus, então — disse o homem, enquanto partia. — Foi muito divertido, tchau.

— Leve isso — disse a mulher, dando a Vatanen algumas pílulas vermelhas de vitamina que tinha na bolsa. — Farão bem a você. Engula-as inteiras.

Vatanen perguntou onde a lebre estava.

— Não precisa se preocupar. Está segura em Helsinque, com algum professor. Foi deixada lá antes do Natal e pode ficar até o Ano Novo. Está tudo combinado.

— Antes do Natal? O Natal já passou?

— Sim, sim, você não se lembra?

— As coisas estão um pouco vagas para mim. Devo ter bebido um pouco.

— Um pouco mais do que um pouco — disse ela, seca.
— É a sensação que tenho. Quem é você?
— Leila. Você podia se lembrar pelo menos disso!

Vatanen começou a se lembrar do nome Leila... Claro, aquela mulher era Leila. Mas que Leila? Isso ele não tinha coragem de perguntar naquele momento, então disse:

— Sim, sim, eu lembro, não fique brava. Só estou com uma ressaca dos infernos que está afetando a minha memória, aparentemente. Devo ter bebido durante dias, não é o meu costume.

— Intoxicação alcoólica; agora tem que esperar parar.

Ele estava terrivelmente envergonhado. Evitava o olhar, que parecia franco e honesto demais, da mulher. Olhava para baixo, para o chão, deixando os olhos vagarem, e então uma ideia completamente nova lhe ocorreu:

— Será que poderíamos ir para um bar tomar um copo de cerveja gelada?

Leila fez um sinal afirmativo e eles partiram.

A escadaria era em espiral e eles estavam no terceiro andar — seis lances. Vatanen se segurou no corrimão curvado — os degraus estavam dançando — e Leila segurou seu outro braço.

Lá fora, fazia um dia gelado ofuscantemente claro. A rua ensolarada estava branca com a neve recente e limpa. A claridade fez seus olhos doerem, mas o ar fresco o animou um pouco. Protegendo os olhos com a mão, ele disse:

— Sou um *proteidae* saindo da caverna.

— Um o quê? — perguntou Leila, e Vatanen respondeu:

— Nada. Leve-me para algum bar legal.

Ela o levou pela cidade. Ele observou as casas e os carros, tentando adivinhar onde estava. Vallila, seria? Katajanokka?

Kruununhaka não poderia ser. Chegaram a um rio... Seria Porvoo? Não, Porvoo não. Ele conhecia bem Porvoo.

Vatanen observava as pessoas que passavam, esperando, percebeu, ver um rosto conhecido que revelasse onde estavam, que o colocasse de volta no mapa.

Atravessaram uma ponte: seu destino era um pequeno restaurante do outro lado. O lugar parecia elegante e Vatanen não acreditava que podia estar aberto tão cedo pela manhã. Ele comentou isso e a mulher respondeu que já era de tarde:

— Você está realmente atordoado, não é?

Vatanen passou os olhos rapidamente no cardápio: não ousava nem pensar em comer. Ela pediu uma cerveja pilsen para ele e um copo de suco para ela. Ele bebericou com cuidado; o cheiro era nauseante, mas, por outro lado, era estimulante. A primeira gota virou um pouco seu estômago. Teria que esperar e ver o que aconteceria.

Leila observou a luta silenciosa.

E então o poder da ressaca foi quebrado: graças à cerveja. Vatanen conseguiu comer. Tornou-se um novo homem, um novo Vatanen.

Começou a se lembrar de coisas, inclusive de ter deixado a lebre no apartamento do professor em Kruununhaka e depois sair numa bebedeira, após meio ano de abstinência. Ele bebera com um esplêndido estilo: profunda e prazerosamente. Entretanto, apenas conseguia se lembrar apenas das primeiras fases da bebedeira: os acontecimentos não se tornavam claros até Leila traçar seu curso principal.

A história que a menina contou era tão longa e tortuosa quanto a viagem em si, que durara oito dias e vagara por vários locais no sul da Finlândia. Ficou claro que ele fizera muitas coisas nesse tempo, muitas mesmo.

Com cuidado, perguntou:

— Em que cidade estamos agora?

— Turku — disse ela.

— Nossa, como não percebi? Então é por isso que me pareceu tão familiar quando chegamos na ponte. Estive aqui dezenas de vezes, mas o sol estava me cegando.

Pouco a pouco, a viagem começou a fazer sentido, à medida que a história de Leila se desenrolava. Vatanen caiu na gandaia em Helsinque por alguns dias, meteu-se em uma briga e foi levado para a delegacia, mas foi solto imediatamente. Então encontrou Leila e os dois foram a Kerava, onde uma coisa após a outra aconteceu, incluindo Vatanen ter caído debaixo de um trem. O trem o arrastou por vinte metros pelo trilho em baixa velocidade, e ele não teve nenhum ferimento além de hematomas.

Em Kerava, ele comprou uma bicicleta e pedalou em fúria — algum ataque embriagado de bêbado — para Riihimäki. Leila o seguiu de táxi. Vatanen não chegou à cidade de bicicleta: um carro da polícia o parara e a bicicleta acabou sendo colocada no porta-malas do táxi e levada a Riihimäki, onde foi vendida a preço de banana e o dinheiro torrado em bilhetes de loteria. Vatanen ganhou um aparelho de som, uma maleta e um estojo de couro, algemas, um conjunto de canetas-tinteiro e três agendas de couro. Trocou os prêmios por dinheiro e meteu na cabeça que iria de ônibus para Turenki, e assim eles foram.

Lá, passaram a noite em uma fazenda. O jornalista foi uma das atrações do vilarejo por três dias, até o dia anterior à véspera do Natal. A bebedeira continuou alegremente o tempo todo — mesmo tendo se tornado física e espiritualmente fatigante para Leila.

Deixaram Turenki para ir até Janakkala para passar o Natal com os pais de Leila. Vatanen comprou ótimos presentes para toda a família da moça: um barômetro para a mãe, uma coleção de cachimbos para o pai, uma mochila para a irmã e um xilofone para a menina mais nova. Na véspera de Natal, foi encantador: a família ouviu com fascinação suas histórias; papai serviu seu melhor conhaque e ele caiu bem. Vatanen tagarelou sem parar durante a noite e beijou o decote de Leila e da sua mãe, mas ninguém se ofendeu.

Na noite de Natal, eles inesperadamente deixaram Janakkala, supostamente para o hospital, mas, no fim das contas, não chegaram lá. Em vez disso, tomaram um táxi para Tammisaari, onde ele tentou dar um mergulho de Natal no mar, sem sucesso. Passaram a noite dormindo em um táxi, o que acabou saindo caro.

Também foram para Salo e Hanko, onde nada particularmente estranho aconteceu. E, agora, estavam em Turku. Chegaram no meio da noite e Vatanen ligara para os dentistas da lista telefônica, um após o outro, até que um aceitasse marcar uma consulta. Deixaram o motorista de táxi de Hanko passar a noite em Turku com eles. Por todo o tempo, Leila estivera com ele, o que deixou Vatanen estupefato.

— Como conseguiu aguentar tudo isso?
— Era meu feriado de Natal, querido.

Querido? Vatanen olhou de novo para a jovem: aquilo fazia as coisas mudarem de figura. Eles tiveram algum tipo de relacionamento? Caso positivo, de que tipo?

Ela era atraente, sem dúvida. O que levantava uma questão: por que uma jovem tão atraente quanto ela aguentara aquela odisseia de patetices por tanto tempo? Com certeza, ele não teria tido a indecência de seduzi-la, sendo um bêbado fedido. Até porque, julgando pelo relato, seu comportamento fora repugnante do começo ao fim.

Além disso, ela estava noiva, ele observou. Um anel brilhava no seu dedo: barato e horrível, do tipo que ele particularmente não gostaria de comprar para mulher nenhuma, muito menos para uma daquelas. Por um momento, conseguira pensar que algo maravilhoso poderia ter acontecido, algo impensável, entre ele e sua companheira de viagem; mas o anel horroroso dava um fim na ideia.

Foi tomado por um sentimento de solidão: até a lebre estava em Helsinque. Ele subitamente sentiu uma saudade insuportável dela.

— Tenho que ir pegar aquela lebre — disse ele, tristemente olhando o anel. — Você está noiva, estou vendo; e não posso deixar de dizer que o anel é feio.

Vatanen suspirou profundamente.

— Adivinhe de quem estou noiva? — perguntou ela, olhando nos olhos dele com seriedade.

— Ah, de algum jovem contador com altos salários, suponho. Perdoe-me, mas não me interessa.

— Errado... Tente novamente.

— Você poderia tentar adivinhar de quem estou noivo em vez disso — respondeu.

— Já sei — disse ela. — Você tem que adivinhar de quem eu estou noiva.

— Não tenho forças agora — respondeu ele. — É melhor pegarmos nossas coisas, eu acho, e ir. Você poderia ligar para a estação para mim? Preciso dos horários do trem. Faça isso, por favor. Estou tão cansado.

— Vou lhe dar a resposta, então — disse ela. — Estou noiva de você.

Vatanen ouviu o que ela disse. Ouviu cada palavra, mas não concebeu o significado. Ele a olhou nos olhos, virou-se para a toalha de mesa e, em seguida, para a janela; olhou para o chão do restaurante e, então, para o garçom que pairava por lá. Conseguiu dar ao garçom uma ordem:

— Duas bebidas, as mesmas.

O garçom as trouxe. Beberam em silêncio.

— É verdade? — perguntou Vatanen, depois da longa pausa.

A mulher afirmou que aquilo havia acontecido. Vatanen a pedira em casamento já em Kerava e ela aceitara em Turenki. O anel fora comprado em Hanko. Como as lojas estavam fechadas, nada melhor estava disponível. Ele o comprara da filha de um motorista de táxi de Hanko, uma menina de onze anos. Níquel, níquel folheado a ouro, disse Leila.

— Verdade.

— Sim.

— Então vamos nos casar? — perguntou ele.

— É nisso que você vem insistindo há dias.

Então ali estava ele, em mais uma situação. A lebre não estava lá, em seu lugar, uma mulher. Leila. Bastante jovem, linda também. Seu corpo latejava de felicidade e uma rajada de poder passou por ele: uma mulher, uma mulher viera para ele! Jovem, saudável e vivaz! Ele começou a olhá-la de perto.

Arrumada, muito bom. Mãos bonitas, com dedos longos. Segurou-os e os apertou. Bom, muito bom. O rosto era encantador — um nariz perfeito, olhos azuis acinzentados bastante grandes, sem maquiagem, mas com longos cílios... maravilhosos, a boca grande, bom, ótimo. E que dentes bonitos!

— Você poderia pegar o jornal para mim? — pediu ele.

Vatanen não precisava do jornal: era um estratagema para fazê-la se mexer. Queria vê-la se levantar da mesa, ver o corpo inteiro andando pela sala. Adorou o jeito que ela se mexeu: seus cabelos balançaram adoravelmente sobre a mesa quando se virou.

Até ali, tudo ideal.

Quando Leila foi para o porta-revistas perto da porta, ficou claro que sua silhueta era linda, talvez o melhor de tudo. Uma alegria imensa invadiu o coração cansado de Vatanen. E, quando ela voltou, ele notou como seus quadris eram femininos: oscilava como um navio dos sonhos! Maravilhoso! Fantástico!

Vatanen não olhou o jornal. Ele o colocou de lado e segurou a mão da noiva.

— Já sou casado.

— Então você é casado e está noivo — disse. Parecia que não importava para ela.

— Você já sabia?

— Sei de tudo sobre você. Estive ouvindo suas histórias por mais de uma semana! Você não imagina como o conheço bem. E estou contando com isso: seremos casados um dia e você virá morar comigo.

— Mas e se minha esposa não me der o divórcio? — perguntou ele, pois conhecia a esposa.

— Ela dará. Sou advogada — disse Leila. — Mas antes disso há outro assunto: você terá que me dar uma procuração, pois em Helsinque você espancou alguém, o secretário do Partido da Coligação Nacional. Deixou-o em um estado um tanto lamentável. Assumirei seu caso. Duvido que seja condenado por um primeiro delito.

## 20.
## Humilhação

Vatanen deu um mergulho na neve lamacenta. Um tiro foi disparado bem de perto, depois outro. Tiros de espingarda, disparados nos abetos. Não ousou se mover. Podia ouvir o resmungo irritado dos homens bêbados.

— Bosta, ele está correndo que nem um raio.
— A não ser que o derrubemos.

Suas vozes se afastaram, mas Vatanen não teve coragem de se levantar ou tentar ir embora ainda.

As coisas tinham tomado um rumo terrível. A lebre fugia pela floresta de Karjalohja com dois grandes cães de caça em seu encalço e Vatanen estava agachado perto de uma rede, temendo por sua vida.

Como que as coisas foram acabar assim?

Vatanen e Leila deixaram Turku para passar o Ano Novo em Helsinque. As férias de Leila haviam terminado e ela voltou ao trabalho. Vatanen assinou a procuração e foi morar com ela. Depois de uma ou duas semanas, conseguiu um trabalho: restaurar uma cabana em Karjalohja, um vilarejo às margens de um lago a cerca de cinquenta quilômetros de Helsinque. Ele se instalou na cabana com a lebre. Um cômodo precisava de um novo papel de parede e a sauna estava em mau estado, precisando ser consertada. Um bom trabalho para o inverno.

Agora já era fevereiro e, na noite anterior, um grupo barulhento e desagradável chegara fazendo uma bagunça na casa de campo ao lado. Aqueceram a sauna e começaram uma festança que durou a noite inteira. Homens e mulheres corriam nus para o lago congelado, deslizando no gelo escorregadio; motores de carro roncaram a noite toda na entrada do pátio iluminado — saindo para buscar mais bebidas ou mais convidados. A varanda ressoava alto com uma tagarelice infinita sobre a ameaça do comunismo na Finlândia, o mundo livre e daí por diante. De tempos em tempos, brigas aconteciam.

Vatanen não pregou os olhos a noite toda e a lebre estava tensa. Faróis brilhavam pelas paredes e pelo teto da cabana, deixando-o irritado. As coisas só começaram a acalmar e parar de incomodá-lo por volta das cinco da manhã.

Perto do meio-dia, a bagunça recomeçou. Vozes embriagadas resmungavam, pedindo uma sauna: tinham que colocá-la para funcionar de novo ou não encarariam o dia.

A lenha deveria ter sido toda usada na noite anterior e a bebida também deveria ter terminado, pois dois homens chamaram à porta de Vatanen, pedindo um pouco emprestada.

— Viemos pegar um pouco de lenha para a sauna.
— E aceitamos um pouco de birita, se você tiver.

Ele não tinha nem lenha nem álcool e, de qualquer forma, não estava com humor para ser gentil com os festeiros da noite anterior. Apontou para o forno a óleo e lhes disse que não havia lenha: a sauna estava sendo consertada.

— Mas escute, camarada. Precisamos achar lenha. Vamos fazer uma sauna, sabe, já decidimos. Aqui estão cem marcos. Que tal arrumar para a gente?

Vatanen balançou a cabeça.

— Ah, metido a besta, é? — disse o outro, jogando outra nota de cem marcos sobre a mesa e gritando: — Isso deve ajudar! Arrume a lenha, vamos! Você podia cortar um pouco da cerca da varanda, por exemplo. Tem uma serra. Então por que está chacoalhando a peruca? O dinheiro está na mesa!

Vatanen não tinha intenção alguma de sair cortando a cabana para agradá-los e eles não tinham intenção alguma de desistir. Batendo mais uma nota de cem marcos sobre a mesa, voltaram ao mesmo ponto: era melhor que ele encontrasse lenha. Vatanen amassou as notas, enfiou-as dentro do bolso da camisa do homem mais próximo e ordenou que saíssem.

— Nossa! O que você pensa que está fazendo?

Vatanen empurrou os homens para fora e fechou a porta. Eles começaram a socá-la e, quando ele não abriu, um deles chutou a cerca da varanda e a deslocou. O outro, louco para ter sua vez, arrancou-a completamente e ela caiu no pátio. Agarraram a madeira e a arrastaram animadamente para seu próprio terreno. Vatanen tentou pará-los, mas era tarde demais.

— É uma sociedade! — um deles gritou. — Nós criamos uma sociedade!

— Ou, digamos assim! — exclamou o outro. — É um bom negócio. Se você não pode comprar, leve.

De pé, no limite do terreno e em uma fúria cega, Vatanen viu a cerca da varanda virar lenha. Uma dezena de pessoas com ressaca saiu para rir e tirar sarro. Alguém saiu de carro; outro gritou para ele:

— Traga o suficiente desta vez! Não queremos que acabe.

Trêmulo de ódio, Vatanen entrou no terreno do vizinho e perguntou de quem era a casa.

O barulho de madeira sendo cortada parou. Um homem gordo com rosto cor de amora, antes ocupado quebrando a cerca, esticou-se, mostrando sua real altura.

— Escute, cara, ela pertence a um figurão. Para o seu próprio bem, saia de fininho enquanto pode. Estou no comando aqui e, se você não cair fora, falo para os garotos botarem você para correr.

— Não vou a lugar nenhum até isso ser resolvido — respondeu, devagar.

O homem foi para a casa e reapareceu um segundo depois com uma espingarda. Nos degraus, carregou ambos os canos e apontou a arma para o peito de Vatanen. Bafo nauseante de álcool pairava no ar.

Subitamente, um dos homens que se juntara em volta de Vatanen chutou seu traseiro com tanta força que ele saiu voando, de bruços. Uma explosão de risos se seguiu e alguém chutou suas costelas.

Ele se levantou. Mulheres jogaram neve enlameada misturada com areia em seus olhos; alguém lhe deu um soco nas costas. Não havia o que fazer, exceto se recolher para o seu território. Risos roucos o perseguiram enquanto ele entrava na cabana. Talvez, alguém disse, tivessem ido longe demais; os outros não concordaram.

— Merda! Um desgraçado daquele? Ele não se arriscará com a polícia. Sei o que vamos fazer. Vamos assustá-lo. Vocês não ouvirão um pio depois disso. Mas antes, sauna! Ao trabalho, homens!

É fácil imaginar como Vatanen estava dolorido: pegou a lebre nos braços e saiu no gelo, pensando que atravessaria a baía, organizaria as ideias e se acalmaria. A outra margem ficava a um quilômetro de lá.

Quando estava na metade do caminho, os festeiros soltaram dois cachorros grandes atrás dele. Eles haviam visto a lebre.

— Atrás deles! Atrás deles! — gritavam.

Os cães de caça corriam latindo pelo gelo em uma perseguição frenética. A lebre começou a correr e, vendo-a correr, os cães dispararam a latir ferozmente.

Vatanen os perseguiu em direção à ilhota, pensando em como poderia salvar sua lebre. Precisava era de uma arma, mas a sua estava pendurada em um gancho no Desfiladeiro de Läähkimä.

Vários homens saíram da casa correndo, carregando suas armas e berrando. Eram como os cães que haviam sido soltos. O gelo entortava com seu peso. Vatanen se escondeu entre as árvores e, assim que os homens chegaram à ilhota, atiraram na sua direção. Estava deitado sobre a neve enlameada, ouvindo o resmungo arrogante dos homens.

A lebre já estava distante, e o latido dos cães era quase inaudível. Eram, na verdade, um uivo; a caçada ainda continuava, a lebre ainda estava viva.

O cérebro de Vatanen estava sobrecarregado. Aquela perseguição selvagem tinha que parar. Mas como? Como homens assim podiam existir? Qual era o prazer daquela violência? Como os seres humanos podiam ser tão vis?

A pobre lebre girava em círculos, com medo. Subitamente, ela surgiu de uma fresta entre as árvores, viu Vatanen e correu para os seus braços. Algumas gotas de sangue vermelho-vivo escorreram da sua boca. O latido dos cães ficava mais alto.

Vatanen sabia que os cães o deixariam em pedaços se permanecesse parado na floresta com uma lebre nos braços. Deveria rejeitar seu animal amado? Mandá-lo embora, salvar a própria pele?

Não. A ideia o envergonhou assim que veio. Correu para um montículo, cheio de mato, com pinheiros de troncos grossos, cheios de nós e tortos. Subiu rapidamente em um deles. Era difícil subir com uma lebre nos braços: pedaços de pele se prendiam à casca do tronco; mas ele estava fora de alcance quando os cães finalmente chegaram, dando voltas, farejando e fungando os vestígios da lebre. Logo encontraram o pé da árvore e, de pé, tentaram freneticamente alcançá-los, latindo para os galhos, enfiando as garras no tronco vermelho. A lebre enfiou a cabeça debaixo da axila de Vatanen, tremendo toda.

Vozes ébrias se aproximavam e logo cinco homens estavam ao pé da árvore.

— Calma, garotos, calma! Então o nosso amigo está empoleirado lá na árvore?

Gargalharam, um deles chutou o tronco da árvore, outro tentou balançá-la para fazer Vatanen cair.

— Ficando com medo, é? Jogue essa porra de lebre aqui ou teremos que atirar nela em seus braços!

— Atire logo, atire! Tremenda história essa. Acredita? Karlsson atirou em uma lebre em uma árvore!

— E acertou um mané com o mesmo tiro!

Eles se divertiam muito. Socaram a árvore. Os cães andavam languidamente em torno das pernas dos homens. Vatanen estava tão irado que lágrimas encheram seus olhos, e alguém notou isso.

— Caralho, vamos embora. O babaca está chorando. De qualquer forma, já foi diversão o suficiente para um domingo.

— Mas o deixe com os cães por uma hora: isso o ensinará a ser mais educado da próxima vez. Vamos. A sauna está esperando. Já deve estar quente.

Partiram. Os cães ficaram de guarda ao pé da árvore, latindo e uivando. Vatanen achou que fosse vomitar.

Pouco antes de escurecer, alguém assobiou para os cães saírem. Eles partiram relutantemente. O homem se sentiu tonto, e a lebre ainda tremia.

Voltou para Helsinque na mesma noite. De início, pensou em prestar queixa, mas, no fim, não o fez. Para Leila, ele disse:

— Estou indo voltando para o norte, para o Desfiladeiro de Läähkimä. O sul não serve para mim.

E assim ele foi.

## 21.
## UMA VISITA

A primavera chegara. O tempo fluía agradavelmente no ar limpo do norte. O presidente da Associação dos Donos de Renas oferecera a Vatanen um emprego: construir um cercado para renas; e, agora, ele se ocupava cortando cercas. O trabalho era agradavelmente pesado e sem restrições: sentia-se independente. A lebre aproveitava a vida no desfiladeiro; a natureza dos arredores estava pontuada com suas pegadas.

Leila lhe enviava cartas: às vezes duas chegavam ao mesmo tempo, pois a entrega era apenas a cada duas semanas. Elas eram quentes e era um prazer lê-las. O jornalista respondia com menos frequência, apenas o suficiente para manter o fogo aceso, como dizem. Leila esperava que ele desistisse da Lapônia e, no fim, voltasse para o mundo civilizado, mas Vatanen não conseguia se decidir. Sentia não confiava no sul: a conduta das pessoas de cidades grandes o enojava.

Na última semana de março, a vida no Desfiladeiro de Läähkimä mudou dramaticamente.

O urso do outono passado emergiu da sua toca — talvez nem hibernara de novo depois dos incidentes anteriores ao Natal. De qualquer maneira, estava mais uma vez à espreita. Matara várias renas, Vatanen observara: a neve enlameada deve ter tornado difícil encontrar outro alimento. O animal fungava ao redor das paredes da cabana, urinava nos cantos e bufava irritadamente nas noites de março.

As visitas noturnas alarmavam o homem, que dormia em um beliche ao lado da parede de madeira. Os grunhidos e as bufadas do outro lado tornavam difícil descansar. Sentia-se como um pequeno peixe em uma armadilha, com um grande lúcio circulando.

A razão lhe dizia que ursos não atacam seres humanos, mas, às vezes, os eventos não seguem a razão.

Uma noite, por exemplo, o urso empurrou uma janela inteira para dentro, com parapeito e tudo. Enfiou a parte superior do corpo pelo espaço, farejando o ar de dentro. Lá fora, uma linda lua cheia, com o corpo do urso obstruindo o espaço da janela. A lebre veio saltitando para o beliche de Vatanen e se abaixou, guinchando atrás das suas costas. Vatanen ficou deitado, sem se mexer. Que situação.

O urso cheirou a comida deixada sobre a mesa — os restos do jantar: carne seca de rena, pão, manteiga, um vidro de molho de tomate e alguns outros itens. Sob o luar, viu o animal se esticar da janela e pegar com a pata algumas gostosuras, que pôs na boca. Fez barulho ao roçar nas embalagens e as abrir; depois Vatanen ouviu alguns sons de mastigação. Como era hábil com suas patas! Logo tudo havia sido comido e o urso voltou para o pátio por um momento.

Quando apareceu de novo, estava mais corajoso. Seus olhos foram mais uma vez para o vidro de molho de tomate: pegou-o com as patas e o examinou, estranhando. O cheiro parecia encantador. Continuou apertando o vidro, evidentemente sem entender como tirar seu conteúdo.

O urso o chacoalhou. Vatanen escutou um "splosh" seguido de um gemido de surpresa quando o molho saiu voando e bateu na parede acima da cabeça de Vatanen.

O animal parecia estar lambendo o vidro. Nesse meio-tempo, espirrou o molho pela sala, obviamente se lambuzando. Lambia o próprio pelo, e o som fazia o homem se lembrar do nome do lugar: Desfiladeiro Läähkimä; *läähkimä* era palavra finlandesa usada para o verbo arfar. O urso arfava naquele exato momento.

Ele lambeu a mesa, o oleado enrugado debaixo de sua língua grossa. Os riscos de molho de tomate o tentavam a entrar ainda mais: a abertura da janela estava cheia e o apertava como uma garrafa sendo lavada com uma escova. O tronco do urso pesava sobre a mesa, e esta despencou, fazendo-o cair no chão da cabana, em meio ao barulho de madeira se partindo. Ele pareceu, de início, chocado, mas logo se recuperou e começou a explorar o interior da cabana.

Vatanen estava com medo de mexer um músculo que fosse.

O animal começou a lamber o chão: evidentemente o molho caíra lá também. O luar iluminava o enorme e ágil urso: um espetáculo aterrador. Sua cabeça gigantesca se aproximava cada vez mais dos pés de Vatanen.

A essa altura, os nervos da lebre cederam e ela foi saltitando das costas de Vatanen para o chão, e em zigue-zague pela sala. O urso tentou pegá-la, mas ficou tateando enquanto a lebre se encaixava, fora de alcance, em um canto.

Ele a esqueceu e começou a lamber a parede ao pé da cama de Vatanen.

Só então notou o homem. Cuidadosa e curiosamente, começou um exame. A respiração quente e úmida esquentou o rosto de Vatanen. Sentindo a respiração do homem em seu focinho, o urso bufou, levantou-o com suas patas e o chacoalhou um pouco. Vatanen soltou o corpo, tentando parecer inconsciente.

O urso estudou o corpo em seus braços, um pouco como um ogro que pegou uma boneca e não sabe o que fazer com ela. Experimentou uma mordida na barriga de Vatanen, provocando um grito agudo de dor. Chocado, o animal jogou o homem contra a parede da cabine e fugiu pela janela, para o campo aberto.

Vatanen pôs a mão na barriga. Via estrelas cor-de-rosa e brancas, e sua barriga estava molhada. O urso me estripou?, pensou, em pânico. Pegou sua arma, agachou-se no pátio e atirou na escuridão. O urso fugira. A lua brilhava.

Entrou novamente, acendeu uma luminária e examinou sua barriga. Estava escorregadia com sangue e baba de urso, mas nada que parecesse letal. A mordida havia sido uma experiência: de fato, era mais uma mordiscada. Não havia sido estripado.

A lebre mancava. O urso devia ter pisado nela acidentalmente, pois se ele tivesse dado um golpe, ela certamente teria sido reduzida a geleia na parede.

Vatanen chutou os restos da mesa, pregou um cobertor na janela e enrolou um lençol na barriga. O ferimento doía: o urso o machucara o suficiente para isso.

Pegou a lebre e a abraçou, acariciando seu pelo branco inocente, e prometeu:

— Antes do amanhecer, estarei atrás das pegadas daquele urso; ele tem que morrer.

Os bigodes brancos e sensíveis da lebre tremeram firmemente. Parecia que concordava: o urso tinha que ser morto! A lebre estava sedenta pelo sangue do urso!

## 22.
## O Mar Branco

A lua se pôs. Vatanen encheu sua mochila com provisões para vários dias, enfiou vinte cartuchos no bolso da frente dela, carregou sua arma e afiou um machado. Colocou cinco maços de cigarro, para não faltar; alguns fósforos e um pouco de cera para esqui. Para a lebre, ele disse:

— Você vem comigo, não vem?

Ele deixou uma mensagem sobre a mesa, dizendo:

*Estou saindo atrás do urso. Posso ficar fora alguns dias.*
*Vatanen*

Fechou a porta do alojamento, passou cera nos esquis, colocou-os e pôs nos ombros a mochila e a arma. Havia pegadas de urso por todo o lugar, mas, apesar da escuridão, ele identificava as pegadas frescas mais além, que indicavam o urso partindo a passos rápidos. Seguiu a trilha; a neve estava bem firme debaixo dos seus esquis.

— Agora veremos, seu urso desgraçado.

As pegadas levavam para o outro lado do desfiladeiro. Vatanen esquiava em ritmo forte e constante; suas costas começaram a suar sob a pressão da mochila. A lebre mancava ao seu lado.

O sol de março subiu em um céu fantástico. O ar estava revigorante e fresco; a neve chiava quando as varas a aguilhoavam; a condições para esqui eram excelentes. Desfrutou do caminho e da neve brilhante — tão clara no sol emergente que fazia a testa doer se abrisse bem os olhos.

As pegadas mostravam que o urso se acalmara: provavelmente achou que escapara. Vatanen aumentou a velocidade: ainda podia alcançar a sua presa.

À tarde, entrou em um arvoredo denso de abetos e percebeu que o urso estivera deitado lá. É possível que tenha ouvido os esquis e saído correndo. Isso significava esquiar mais, talvez vários dias mais, até alcançar o animal, isso se alcançasse. Felizmente a neve cedia mais debaixo do urso do que debaixo de um esquiador.

Vatanen chegou a uma área aberta de pântano, onde as pegadas levavam ao sul. Durante o curso de dez ou onze quilômetros, ele vislumbrou sua presa: o urso era um pequeno ponto preto escapulindo para dentro da floresta cheia de neve do outro lado. Isso o motivou. Movendo-se com força, voou pelas planícies.

O sol se pôs. Onde a vegetação rasteira era mais grossa era difícil ver as pegadas. Era hora de parar e comer. Derrubou uma grande árvore morta e fez uma fogueira com os galhos mais altos; fritou carne de rena na frigideira, bebeu um pouco de chá e dormiu por algumas horas. Quando acordou, a lua estava alta em um céu totalmente limpo; era possível seguir novamente as pegadas.

A noite clara e a natureza coberta de neve da Lapônia tinham uma beleza cruel. A caça era emocionante para o esquiador, que não sentia cansaço. O suor congelava nas suas costas enquanto o frio tomava conta. Seus cílios congelaram, obstruindo seus olhos: ele tinha que tirar a luva de tempos em tempos e derreter as crostas com a mão. De vez em quando, a lebre começava a mordiscar partes comestíveis de arbustos de vimeiro na beira dos córregos.

— Cuidado! Não fique para trás — alertava Vatanen. — Não é hora de comer.

Por duas vezes o urso se deitara: já deveria estar cansado. Mas toda vez ele parecia ter ouvido os esquis através do ar noturno gelado e fugira. Agora ia na direção sudeste. Durante o dia, eles atravessaram a estrada de Tanhua; agora se aproximavam da grande região inóspita do nordeste. Passaram por muitos rios naquela noite; em dado momento, o urso bebera água gelada de um buraco em um rio congelado. Vatanen passou pelo local com cautela: seria fatal esquiar inadvertidamente para dentro da água negra gelada.

A lua se pôs, estava escuro e ele teve que parar. Fez uma fogueira e dormiu em seu calor. A lebre comeu um pouco e, em seguida, também caiu no sono.

Quando o sol nasceu, Vatanen partiu novamente. Estavam em algum lugar na natureza desolada a oeste da pequena vila de Martti. Agora, calculou, deviam estar indo em direção à paróquia de Savukoski. O urso parecia correr direto para o pequeno vilarejo. Logo eles chegariam na rodovia. Assim que chegaram na rodovia, como ele havia previsto, o urso atravessara a estrada Savukoski-Martti e estava aproximadamente na metade do caminho entre os dois vilarejos. Os pequenos morros de neve feitos pelos limpa-neves deixaram o animal irritado: ele rasgou a placa da estrada e a entortou como um galho: uma espécie de mensagem para Vatanen: "Humano, eu ainda tenho todo o poder. Fique longe."

Mas Vatanen continuou a perseguição.

À tarde, o sol deixou a neve lodosa. Ela começou a grudar nos esquis e o movimento se tornou arfante e ofegante. As pegadas eram frescas, mas o progresso se tornava inexistente. A neve formava uma massa nos esquis de tal maneira que Vatanen teve que parar. A neve não endureceu até a noite. Então ele esquiou por algumas horas, até ficar escuro demais para enxergar: naquela noite não havia lua. Teve que passar a noite junto à fogueira. Vatanen supôs que já estivesse no vilarejo de Salla, no máximo a vinte e poucos quilômetros da fronteira soviética. A lebre estava exausta, mas não reclamava: nunca reclamava. Ele derrubou um choupo jovem e dividiu seu tronco com o machado. A lebre comeu e depois caiu no sono, com as pernas retas, esticando sua barriga no círculo de luz da fogueira. Nunca antes ela estivera tão cansada.

— Será que o ritmo é igualmente cruel com o urso?

Assim que havia luz o suficiente para ver as pegadas, Vatanen continuou a perseguição. A mochila estava leve, pois a comida terminara. Agora estava com pressa: o urso tinha que ser morto antes de atingir a fronteira. As pegadas o levavam através das regiões do norte do vale do rio Tenniöjoki em direção ao vilarejo de Naruska, ele estimou. Ele esquiava além dos limites dos seus mapas já há algum tempo: agora dependia da sua memória do mapa geral da Finlândia. O vilarejo de Salla, ele sabia, ficava a cerca de vinte quilômetros da fronteira.

O dia fatigante que se arrastava.

À noite, estavam bem ao sul de Karhutunturi. Por fim, ele desistiu das pegadas e entrou na estrada para um vilarejo. Estava tão cansado que sofreu uma queda na estrada escorregadia onde os limpa-neves haviam passado. As crianças, no caminho da escola, passaram por ele e o cumprimentaram — é um costume no norte que as crianças cumprimentem os adultos. Ele perguntou onde era a loja do vilarejo.

Porém, descobriu que a loja fechara havia muito tempo. Uma loja móvel passava duas vezes por semana. Ele tirou seus esquis e foi até a casa ao lado da velha loja. O homem da casa comia na sala; sua mulher descasava batatas quentes perto do fogão e as levava para o marido, uma de cada vez.

Um homem exausto parece, de certa forma, alarmante, mas, ao mesmo tempo, não uma ameaça iminente. No norte, um homem assim tem alguns direitos que as pessoas reconhecem intuitivamente. O dono da casa fez um gesto para a cadeira ao seu lado e o convidou para jantar.

E Vatanen comeu. Estava tão cansado que a colher tremia a cada batida do seu coração. Ele se esquecera de tirar o boné. O cozido de rena estava delicioso e substancioso. Ele comeu muito.

— Então, quando a loja móvel vem? — perguntou.

— Estará aqui só amanhã.

— Estou com pressa. Poderia me dar alimentos para alguns dias?

— De onde você vem esquiando?

— De Sompio. Do Desfiladeiro de Läähkimä.

— Você está atrás de um carcaju?

— Algo do tipo.

As crianças entraram e começaram uma algazarra. O dono da casa mandou que saíssem e levou o homem até o quarto. Abriu o cobertor da cama de casal e falou para Vatanen dormir um pouco. Quando o homem saiu do quarto, ele pode ouvi-lo dando instruções à esposa, na sala:

— Coloque comida para quatro dias em uma bolsa e fale para as crianças ficarem quietas lá fora. Eu o acordarei daqui a pouco.

Algumas horas depois, o jornalista acordou sem que ninguém o chamasse. Percebeu que estivera dormindo em cima dos lençóis, totalmente vestido, de botas. Na sala, crianças acariciavam a lebre. Quando viram que Vatanen estava acordado, começaram a tagarelar.

Ele colocou alguns marcos sobre a mesa, mas o dono da casa os devolveu. Saíram. Vatanen se sentiu enrijecido; sua barriga doía.

— Você teria ácido bórico?

— Leena, vá pegar o antisséptico com sua mãe.

Uma menina correu para dentro e saiu em seguida com um frasco. Vatanen mostrou sua barriga e o dono da casa viu as marcas de dente.

— Que boca infernal ele tinha!

O dono da casa passou antisséptico na mordida inflamada e enrolou a barriga de Vatanen duas ou três vezes com gaze. Então, o homem partiu para seguir as pegadas. Da entrada da floresta, perguntou:

— Aqui era Kotala ou Naruska?

— Naruska!

Logo encontrou as pegadas e a caça recomeçou.

Vatanen podia perceber que o urso estava cansado e furioso: tinha rasgado árvores que estavam em seu caminho com suas garras; derrubara várias árvores mortas; pedaços de madeira voaram para todos os lados. Será que o urso, Vatanen se perguntou, desapareceria do outro lado da fronteira?

— Nada o salvará, senhor. Não adianta pedir ajuda para uma grande potência.

À noite, um vento congelante soprou. As nuvens permitiam apenas vislumbres da lua, e ele foi forçado a parar. Pela manhã, o vento limpara as pegadas: o jornalista teve que esquiar a esmo, até localizar algumas pegadas frescas na neve.

Quantos dias fazia? Não importava mais.

Colocou a lebre totalmente exausta na sua mochila e partiu novamente. A neve caía cada vez mais e se tornou uma tempestade. Na tormenta era difícil ver as pegadas, embora estivessem frescas. Se ele parasse a perseguição naquele momento, sabia que a viagem inteira teria sido um fracasso. Sua barriga doía: a gaze escorregara para sua virilha, mas ele não tinha tempo para ajustá-la.

As pegadas subiam a encosta de uma colina. Ali o vento era o suficiente para derrubar o homem, mas ele resistiu. Tinha resistir! Seus olhos o traíam, notou. Estava ficando cego pela neve após tantos dias olhando para as pegadas? Muito provavelmente, sim.

— Mas você não escapará das minhas garras, maldito!

O tempo era terrível: a tempestade o impedia de ver mais de um ou dois metros à frente. O prazer que sentira no início desaparecera. A tempestade continuou por todo o dia. Vatanen não tinha mais certeza de para onde ia; grudava-se às pegadas como um sanguessuga. No caminho, às vezes chupava um pouco da gordura, agora completamente congelada e sólida, de porco que lhe foi dada em Naruska; ou arrancava um pouco da neve presa aos seus ombros para aplacar a sede. Então, subitamente, as pegadas saíram da floresta para a estrada limpa pelos limpa-neves. O urso se cansara e começara a correr pela rodovia.

O animal tinha derrapado na superfície de gelo: havia grandes marcas de garras na neve. Vatanen estremeceu, um arrepio descendo pela sua espinha.

Chegou a uma encruzilhada, com placas. Ótimo! Agora poderia descobrir onde estava.

Vatanen parou e, apoiando-se fortemente nas suas varas de esqui, começou a olhar para as placas, sem entender o idioma.

Atravessara, esquiando, a fronteira com a União Soviética. As placas eram russas; o alfabeto, cirílico. Surpresa fez brotar suor nas suas têmporas.

Deveria voltar? Deveria se identificar para as autoridades soviéticas?

— Então é aqui que estamos, merda!

A indecisão na encruzilhada foi curta: recomeçou a perseguição, esquiando obstinadamente até a noite, quando conseguiu vislumbrar sua presa; mas, em seguida, a escuridão a cobriu. Outra vez, ele derrubou um pinheiro, fez uma fogueira e se acomodou para passar a noite, sua primeira em território soviético. Diante dele estava uma floresta inóspita imensurável da península de Kola e o Mar Branco: ambos testariam seus nervos.

No dia seguinte, o tempo melhorou um pouco e Vatanen saiu como um touro enlouquecido. Atravessou várias estradas grandes, com o urso indo em direção leste e sem mostrar sinais de virar para oeste. Do sul, uma aeronave supersônica acelerava, logo acima, indo para Murmansk. Teve que parar e olhar para o projétil de asas brilhantes, mais rápido do que o som. Aquilo teve um impacto profundo em um esquiador exausto: que modos diferentes de transporte os seres humanos tinham!

O urso evitava vilarejos e escolhia lugares desertos. Vatanen não encontrou uma única alma viva, mas se deparou com várias marcas de motoneves no meio do nada. Teria sua violação da fronteira passado desapercebida? Era possível: na tempestade, o próprio Vatanen não a notara. A conversa sobre uma cortina de ferro era certamente errônea: não havia um único cordão de arame farpado para enroscar em seus esquis.

Seus alimentos haviam acabado há dois dias, mas a caçada continuava. Chegou a uma vila. O urso passara a noite na ruína de um prédio de pedra, evidentemente uma fábrica de sal, concluiu Vatanen. Isso significava que estavam chegando perto do mar: o Mar Branco.

Vatanen surgiu na estrada de ferro de Murmansk. Seus esquis tiniram no ar gelado enquanto se movimentava entre os vários trilhos. Eles eram eletrificados, percebeu isso mesmo na pressa durante a perseguição. Seu único alimento era um pouco de pele de porco que fervera na noite anterior. Estava com muita fome, mas nada importava mais para ele do que pegar o urso.

E, então, chegaram à costa: o urso corria sobre o gelo; mais além, um navio quebra-gelo tinha vários navios de carga pequenos o seguindo no canal que abria.

O urso se movia rapidamente sobre o gelo do golfo de Kandalaksha com o homem em seu encalço. A alguns quilômetros ao norte, as chaminés das fábricas da cidade manchavam o céu claro e gelado. O urso, seguido de Vatanen, correu para o canal do navio: a última batalha daquela jornada assustadora se travava no gelo ofuscantemente imaculado do Mar Branco.

O animal se levantou, apoiando-se somente nas patas traseiras, à beira do canal. Soltou um uivo e um rugido: o colar branquíssimo em sua pelagem preta brilhou no sol. Virou-se para seu perseguidor, vociferando ofensa e ódio. Vatanen tirou seus esquis e se deitou de bruços no gelo. Então derreteu o gelo sobre a mira telescópica do rifle com o polegar, soltou a trava de segurança e atirou no urso, bem no peito.

Ele despencou: um segundo tiro não foi necessário. Vatanen se arrastou até o animal, abriu sua garganta e deixou o sangue fluir, negro e coagulado. Juntou as mãos e bebeu o sangue do urso duas vezes. Depois, sentou-se sobre a enorme carcaça e acendeu um cigarro, seu último. Chorou; não sabia dizer o motivo, mas as lágrimas vieram. Então acariciou o pelo do urso e sua lebre, deitada em sua mochila, com os olhos fechados.

Duas grandes aeronaves pousaram sobre o gelo e soldados pularam delas. Cerca de vinte homens foram até Vatanen e um deles se dirigiu a ele em um dialeto finlandês russificado:

— Então, camarada, você o pegou! Em nome do Exército Vermelho, parabéns! Agora vou prendê-lo como espião.

Mas não se preocupe, isto é apenas uma formalidade. Tome uma bebida.

Um gole ardente e gelado de vodca tirou as lágrimas dos seus olhos. Ele se apresentou e disse:

— Perdoe-me por ter atravessado a fronteira, mas, caso contrário, não teria conseguido pegar este urso.

— Vot! Camarada perdoado! Que viagem de esqui! Agora, para o avião. Esses homens tiram pele urso. Você trazendo a lebre com você?

Embarcaram e a aeronave deixou o gelo. Alguns minutos depois, aterrissou na pista de pouso do continente.

— Vot! Primeiro sauna, depois dormir. Interrogatório amanhã.

## 23.
## Nas Mãos do Governo

Vatanen e a lebre ficaram sob custódia na União Soviética por dois meses. Durante esse período, ele foi interrogado várias vezes e questionado sobre informações a respeito da Finlândia. Tornou-se evidente que as tropas de controle aduaneiro soviéticas haviam monitorado sua travessia da fronteira e mantido a viagem de esqui sob observação contínua dia após dia até o fim no Mar Branco.

Vatanen foi mencionado no rádio da Carélia. O jornal *Carélia-soviética* o entrevistou e fotos o mostravam com a pele de urso no ombro e com a lebre debaixo do braço. Todos os oficiais eram amigáveis. Ele não foi confinado na prisão, tendo sido autorizado a caminhar livremente pelas ruas de Petrozavodsk, após dar sua palavra de que não tentaria esquiar para a Finlândia antes que as formalidades fossem finalizadas.

Foi enviado um relatório de duzentas páginas para a Finlândia. O documento incluía uma descrição detalhada dos movimentos de Vatanen dos dois lados da fronteira. As autoridades soviéticas requisitaram ao Ministro do Interior finlandês que investigasse a validade das declarações de Vatanen. Um mês mais tarde, uma resposta foi recebida, vinda das autoridades finlandesas, e confirmava a veracidade das declarações; o documento apontava que Vatanen fora acusado de um grande número de crimes no outro país.

Vatanen havia (1) cometido adultério. Havia enganado as autoridades ao (2) não oferecer aviso de mudança e ao (3) abandonar sua família no verão anterior. Ele se tornara consequentemente (4) um vagabundo. (5) Mantivera um animal selvagem protegido por vários dias sem permissão legal. (6) Em Nilsiä, junto com certo Hannikainen, Vatanen praticara pesca com uma lança e outras atividades de pesca sem permissão. (7) Durante um incêndio florestal, infringira os regulamentos sobre álcool ao consumir deliberadamente uma bebida destilada ilegalmente. (8) Além disso, durante tal incêndio florestal, negligenciara seus deveres durante um período de 24 horas enquanto consumia álcool com certo Salosensaari. (9) Em Kuhmo, profanara um corpo recentemente defunto. (10) No vilarejo de Meltaus, no Rio Ounasjoki, participara da apropriação e venda ilegal de material bélico alemão da Segunda Guerra. (11) Em Posio, fora culpado de crueldade com animais. (12) Na Ravina de Vittumainen, espancara um instrutor de esqui chamado Kaartinen. (13) Fora acusado de negligência por não avisar em tempo sobre um urso perigoso que habitava a vizinhança do Desfiladeiro de Läähkimä, Sompio. (14) Em Sompio, ele também violara a lei participando de uma caçada ao urso sem permissão de portar uma arma. (15) Na Ravina de Vittumainen, ele se infiltrou sem convite em um evento de estado organizado pelo Ministro das Relações Exteriores. (16) Fazendo uso de razões falsas, obtivera tratamento para a lebre em seu poder no Instituto Nacional de Ciência Veterinária, em Helsinque, um instituto de pesquisa público e, além disso, não realizara o pagamento. (17) Atacara o secretário do Partido da Coligação Nacional no sanitário de um restaurante em Helsinque e causara graves lesões corporais. (18) Pilotara uma bicicleta embriagado a caminho de Kerava. (19) Enquanto viajava entre Turenki e Hanko, ele se tornara noivo ilegalmente de certa Heikkinen, sendo já casado. (20) Em Sompio, cometera pela segunda vez o crime de caça ao urso sem permissão de portar uma arma. (21) Durante a caça de um animal protegido, violara a fronteira da Finlândia com a União Soviética sem um passaporte ou o visto necessário. Além disso, (22) era culpado dos crimes que confessara às autoridades soviéticas.

O documento indicava que, em decorrência das diversas acusações contra ele, Vatanen deveria ser levado para os tribunais finlandeses para que fosse julgado e recebesse uma sentença. Sua extradição foi solicitada. Solicitou-se também que retornasse tanto a pele do urso que ele matara quanto a lebre selvagem.

— Que ficha! — riu o interrogador em Petrozavodsk. — Tudo o que posso fazer agora é entregá-lo para o governo em Leningrado. Deixarei que se virem com você.

Em Leningrado, Vatanen recebeu um quarto no Hotel Astoria enquanto a União Soviética estava esclarecendo a situação sob seu ponto de vista. Autoridades soviéticas abandonaram quaisquer outras reivindicações sobre Vatanen e, finalmente, no dia 13 de junho, ele foi levado para a estação e colocado no trem para a Finlândia. O major que o acompanhou até a estação o abraçou fortemente, beijou-o em ambas as bochechas e disse:

— Camarada, quando você se libertar, vot! Você volta Astoria e nós bebemos juntos!

## 24.
## Posfácio

Foi assim que aconteceu com Vatanen: uma vez do outro lado da fronteira, foi preso na cidade de Vainikkala e levado a um vagão de prisioneiros, rumo a Helsinque. A lebre também foi entregue lá, mas em uma caixa de madeira compensada com buracos redondos nas laterais e a palavra *Animal* escrita na tampa.

Relembrando o que acontecera, o jornalista refletiu sobre sua situação, sem demonstrar nenhum remorso. Ao contrário, endureceu durante a detenção, de forma que até o capelão de aparência leniente balançava a cabeça, engolindo em seco.

A lebre constituía um problema para as autoridades: ela era, sem dúvida, propriedade de Vatanen, e não podia ser abatida nem comida. Por meio da advogada, Vatanen apelou para que a lebre fosse acusada como cúmplice de todos os crimes, esperando assim que a amada criatura dividisse a cela com ele e o confortasse durante seu encarceramento.

O diretor da Administração Carcerária estudou os aspectos legais e chegou a uma conclusão: se Vatanen fosse uma mulher e a lebre seu bebê, o bebê poderia, de fato, dividir a cela com a mãe até que estivesse desmamado e independente o suficiente dela; mas na Finlândia um animal não entrava nessa categoria. Uma lebre selvagem não podia, no significado estrito da palavra, ser considerada como o animal de estimação de Vatanen. O diretor, entretanto, teve que ressaltar que, de qualquer forma, a companhia de animais de estimação ou similares era proibida a prisioneiros. Além disso, o ato para a prevenção de crueldade aos animais tornava o encarceramento de uma lebre ilegal, já que uma cela de prisão era considerada um ambiente insalubre para animais selvagens, o que, juridicamente, a lebre de Vatanen ainda era. Sendo esse o caso, o diretor da Administração Carcerária proibiu a entrada da lebre na cela e, verdade seja dita, o animal correria o risco de morrer lá.

— Veja bem, esta sua cela é sombria demais para um animal inocente — explicou o capelão quando levou a decisão oficial para Vatanen.

O assunto foi resolvido apenas quando Vatanen escreveu uma carta para o Presidente da República. Para passá-la pelos muros da prisão, ele a colou no fundo de uma tigela de comida a caminho da galvanização, onde um dos funcionários engoliu a carta e, depois de evacuá-la em seu apartamento na mesma noite, secou o documento, alisou-o, colocou-o em um envelope seco. Deixou-o na caixa de cartas no palácio presidencial no meio de uma noite de luar, de onde foi tirado exatamente às seis da manhã seguinte e colocado na mesa presidencial no secretariado.

Menos de uma hora e dez minutos depois da abertura do envelope, a lebre foi entregue na cela de Vatanen em uma cesta de palhas.

Quando eu, autor deste livro, tentei perguntar a Vatanen como ele conseguira fazer isso, ele respondeu que não queria entrar em detalhes: a carta desde o início fora destinada a ser confidencial.

Quanto a mim, foi um privilégio imenso ter contato com Vatanen durante os inquéritos policiais. Tivemos longas conversas, durante as quais fiz anotações o mais detalhadamente possível e é com base nelas que escrevi este livro.

A imagem que ficou marcada na minha mente é a de um homem, de várias maneiras, profundo em reflexão e benevolente em espírito. Nunca esquecerei suas últimas palavras na conclusão da nossa última entrevista: "A vida é assim."

Da forma como vejo, a história pessoal de Vatanen e sua conduta revelam um revolucionário, um verdadeiro subversivo, e é aí que está o segredo da sua grandiosidade. Ao observá-lo acariciando carinhosamente o pelo da lebre na sua cela deprimente, como se fosse sua mãe, tornei-me ciente do que a solidariedade humana pode envolver. Eu me lembro de certos momentos quando, enquanto o prisioneiro de olhos molhados observava a parede de pedra, uma vaga intuição me perturbava: que nada no mundo poderia impedir que aquele homem afligido demonstrasse mais uma vez toda a força de todo o seu ser.

Este volume já estava no prelo quando um telegrama urgente da prisão, expedido por *courier* montado, chegou à minha mesa: Vatanen e a lebre haviam fugido!

Corri para a prisão e averiguei como a fuga ocorrera. Esse também é um dos acontecimentos mais incríveis da nossa história criminal. A ânsia por liberdade de Vatanen era tamanha que, num dia agonizante, com a lebre nos braços, ele atravessou a parede da sua cela e entrou no pátio de exercícios, atravessou o espaço aberto até o muro exterior e atravessou este também para a liberdade; nem ele nem a lebre foram vistos desde então. Durante os momentos da fuga, os guardas da prisão ficaram paralisados atrás das suas metralhadoras e arpões — incapazes de impedir que fugisse. Além disso, a advogada de Vatanen, L. Heikkinen, não estava disponível no dia seguinte à fuga, e ninguém sabe sobre seu paradeiro.

Essa última notícia também mostra que não é brincadeira lidar com Vatanen.

Em Suomusjärvi, 14/05/1975.

*Arto Paasilinna*

Impresso no Brasil pelo
Sistema Cameron da Divisão Gráfica da
DISTRIBUIDORA RECORD DE SERVIÇOS DE IMPRENSA S.A.
Rua Argentina, 171 – Rio de Janeiro, RJ – 20921-380 – Tel.: (21)2585-2000